Tornade

Jennifer Brown

Tornade

Traduit de l'anglais (États-Unis)
par Céline Alexandre

Wiz
Albin Michel

Du même auteur chez Albin Michel Wiz :

Hate List

Titre original :
TORN AWAY
(Cette édition a été publiée avec l'accord de
Little, Brown Books for Young Readers,
Hachette Book Group, Inc., New York, 2014)

Pour Scott et Pranston,
vous qui êtes mon refuge

Marine voulait à tout prix m'apprendre sa danse préférée, le swing de la côte Est. C'était son rêve, son unique objectif dans la vie. Elle passait son temps à me tirer par le bras ou à se placer debout devant la télé, les mains sur les hanches, avec son vernis à ongles pailleté et son tutu de petit rat rose qui frémissait.

– Allez, Jersey, viens, on va rigoler. Tu vas adorer, Jersey ! Tu m'entends ? Jerseeey !

Elle avait appris à danser le swing au cours de Miss Janice. Techniquement parlant, ce n'est pas un numéro de danse qu'elles étaient censées répéter, mais un soir, Janice était d'humeur nostalgique, et elle avait mis un CD de swing avant de leur montrer les mouvements. Marine avait adoré.

Elle passait des heures à compter ses pas en enlaçant un cavalier imaginaire avec ses petits bras potelés de gamine de cinq ans et ses boucles brunes qui sautillaient à un rythme qu'elle était seule à entendre tandis qu'elle fredonnait les quelques mesures dont elle se souvenait.

Elle voulait absolument que je sois son cavalier. Elle m'imaginait déjà en train de lui saisir les poignets, de la balancer entre mes deux jambes et de la projeter dans les airs avant de la rattraper, et à la fin, faisant la révérence dans un costume assorti face au public.

– Pas tout de suite, Marine, lui répondais-je.

J'étais toujours absorbée par la télé, par mes devoirs ou par les SMS que j'envoyais à mes meilleures amies, Jane et Dani, pour me plaindre des petites sœurs – de vraies pestes, surtout celles qui pensent que la seule chose qui compte, c'est le swing de la côte Est.

Marine vivait en justaucorps, et j'avoue qu'elle en avait une collection impressionnante. Certains étaient à paillettes, d'autres en velours, certains ressemblaient à des smokings, d'autres étaient tout simples, mais aux couleurs de l'arc-en-ciel. Elle les portait jusqu'à ce qu'ils soient tellement étroits que ses petites fesses ressortaient et les hauts en résille avaient des trous assez larges pour y passer le poing. Maman était obligée de les jeter discrètement quand elle n'était pas là et d'en acheter de nouveaux pour les remplacer en douce.

Le jour où Marine est entrée en maternelle, nous nous sommes demandé si elle exigerait de porter des justaucorps, ne sachant comment elle réagirait si sa maîtresse refusait. Nous redoutions ce que j'appelais la Débâcle, les caprices le matin avant de sortir, les ultimatums…

Car elle mettait des justaucorps partout. Dans la maison, pour aller faire des courses, au lit.

Et bien entendu, en cours de danse.

Même le jour de la tornade, elle en portait un : un justaucorps orange mandarine, avec des bandes de velours noires sur le côté et une rangée de pierreries autour du cou. Je m'en souviens parce que c'est celui qu'elle avait quand elle m'a demandé de danser le swing de la côte Est avant d'aller à son cours ce jour-là.

– Je vais te montrer, m'a-t-elle dit, pleine d'espoir, sautillant sur la pointe des pieds près du canapé où j'étais affalée à regarder une publicité pour une voiture – comme si un jour j'aurais de quoi m'acheter une voiture.

– Non merci. Pousse-toi, tu me caches l'écran.

Elle avait une tache de couleur sur la joue – la trace d'une friandise sucrée –, et les mèches autour de son visage avaient l'air collantes. Sans doute une glace Popsicle. C'était à la fin du mois de mai et il faisait assez chaud pour avoir envie d'une Popsicle. L'école finissait la semaine suivante et officiellement, j'entrais en terminale.

Elle s'est penchée vers moi en vrillant ses petits doigts potelés – et collants – dans mon épaule.

– On s'en fiche, de la pub. Allez, lève-toi. Je vais te montrer.

– Non merci, Marine, ai-je grogné en tapotant sur ma chemise à la hauteur de l'épaule.

Elle a commencé à sauter devant moi et à répéter en hurlant *stplaîtstplaîtstplaît*, quand soudain j'ai crié :

– Non ! Je n'en ai aucune envie ! Fous le camp !

Elle s'est figée en boudant, relâchant la lèvre inférieure comme les enfants prêts à éclater en sanglots, mais elle n'a rien dit. Pas un mot. Pas un pleur. Pas de crise. Elle a cligné de l'œil et s'est détournée, les pierres de son justaucorps reflétant soudain la lumière de l'écran de télévision. Je l'ai entendue entrer dans la chambre de maman et parler avec elle. Peu après elles sont parties pour son cours de danse. Ouf, je pouvais souffler.

Je l'adorais, Marine.

Je l'adorais, ma petite sœur.

Mais dans les jours qui ont suivi, combien de fois ce *Fous le camp !* est revenu hanter mes nuits. Je revoyais sa lèvre qui tremblait. Je revoyais le lent clignement de ses grands yeux de fée. Je la revoyais s'éloigner sur la pointe des pieds, brusquement aveuglée par l'éclat des paillettes de son justaucorps.

1

Le jour de la tornade a commencé comme un jour banal, gris, maussade – un de ces jours où vous n'avez envie de rien, si ce n'est traîner et dormir alors qu'il bruine, pleuvote et crachouille. Au lycée, tout le monde avait l'air sombre, ombrageux, sans la moindre énergie. Les profs semblaient mendier une réponse aux élèves, mais à peine tournaient-ils le dos pour écrire au tableau qu'ils réprimaient un bâillement parce qu'ils n'étaient guère plus motivés.

C'était un printemps typique de la région d'Elizabeth, dans le Missouri. Un jour, il fait un temps superbe, ensoleillé, les oiseaux gazouillent avec un tel entrain qu'ils vous réveillent. Le lendemain il fait frisquet, il vente, et j'entends les rafales fouetter les flancs de la maison et faire vibrer les stores de la fenêtre de la buanderie qui laissent passer les courants d'air. Et le surlendemain, c'est un rideau de pluie battante, les vers de terre font leur apparition sur les trottoirs, pour finir tout fripés à cause du soleil et du vent vingt-quatre heures plus tard.

Bienvenue dans le Midwest où le temps est une surprise en soi – et en général, une mauvaise surprise ! disait maman. À Elizabeth, se plaindre du temps était une occupation à part entière. C'était le prétexte sur lequel on pouvait compter pour justifier les migraines, les coups de cafard, les jours où l'on n'entendait pas le réveil et ceux où l'on n'avait pas le temps de se laver les cheveux. Le temps était si imprévisible qu'il pouvait faire dérailler la plus belle journée.

Ce jour-là, quand la cloche a sonné, Miss Sopor, le prof d'anglais, a hurlé : « Je vous préviens, les enfants, demain, quiz sur le roman de Glendon Swarthout *Bless the Beasts and Children*[1] ! On annonce une tempête pour ce soir. C'est un temps idéal pour lire. N'oubliez pas ! »

Elle avait raison. Quand nous sommes sortis pour prendre le bus, des nuages de plus en plus épais se dirigeaient vers nous, et on aurait dit qu'il faisait nuit alors qu'il était à peine un peu plus de trois heures de l'après-midi.

– Les quiz de Sopor sont franchement nuls, a lâché Dani en me frôlant de la hanche tandis que nous courions vers l'arrêt du bus. Je n'ai jamais révisé pour un seul et j'ai toujours de bonnes notes.

– Je vous préviens, les enfants, demain, quiz ! *Bless the Beasts and Children* ! N'oubliez pas ! ai-je répété, et comme je n'étais pas trop mauvaise imitatrice, nous avons éclaté de rire.

J'ai jeté un œil par-dessus mon épaule et j'ai aperçu Kolby, mon voisin, quelques pas derrière moi avec son skate-board. Je l'ai salué en demandant à Dani :

– Elle est où, Jane ?

– Orchestre. Je la plains. Je rêve de rentrer à la maison depuis le déjeuner. Quelle horreur d'être obligée de rester

1. *Bénis soient les bêtes et les enfants.*

trois heures de plus dans ce bahut ! Mais tu la connais, Jane et son violon ! Elle en est folle.

– Elle mourra avec son violon, je te parie.

Jane était le troisième élément de notre trio, et elle avait une passion pour le violon. Dani et moi, nous la taquinions sans pitié à ce sujet, tout en sachant que sans elle, notre trio serait bancal. Elle était profondément musicienne, artiste, pas très soignée, mais sur elle, les cheveux en bataille avaient du charme. Nous nous connaissions toutes les trois depuis le CM2, plus précisément depuis le cours de musique de CM2 : Jane jouait dans l'orchestre, Dani chantait le rôle principal, et moi, je battais la mesure dans une petite cabine noire comme de la poix avec mon pupitre et mon casque.

Au fond, c'était un peu à l'image de notre trio. Dani était la plus jolie, et attirait les projecteurs et les applaudissements. Moi, j'étais le pilier, moins à l'aise, cachant mes rondeurs et ma timidité sous un immense T-shirt. Mais sans Jane, ni l'une ni l'autre n'auraient eu de raison d'être sur scène.

Nous sommes montées dans le bus qui nous ramenait chez nous. L'humeur générale n'avait pas changé, tout le monde avait l'air endormi. Le ciel était de plus en plus sombre, et le vent avait forci, soufflant contre les fleurs à peine écloses en les écrasant contre le sol. Dani échangeait des textos avec un garçon de son cours d'économie et je regardais défiler les maisons du quartier. La vitre était ouverte, une brise chaude me caressait le visage.

C'était un jeudi. J'avais exactement une heure entre le moment où je descendais du bus et celui où maman rentrait avec Marine, le temps de prendre un goûter et de regarder la télé, mais pas de décompresser au point de supporter l'énergie débordante de ma petite sœur. Depuis qu'elle était en maternelle, elle était particulièrement remontée, bruyante, criarde, s'agitant autour de la pièce en permanence. C'était le moment de l'après-midi que je redoutais, l'espace de temps entre son retour avec maman et leur départ pour son cours de danse. J'attendais qu'elles soient sorties pour commencer à préparer le dîner.

Ce jour-là, Marine est entrée en courant dans le salon, avec son justaucorps orange et noir au cou orné de pierreries, la figure tachée de glace, ou peu importe ce qu'on leur avait donné à l'école, et elle a bondi sur le canapé en me bassinant avec le swing de la côte Est.

Maman avait la jupe qu'elle portait au bureau, avec des vieilles chaussures à talons plats, et elle s'agitait en pestant contre le salon qui ressemblait à une « grotte sinistre » et en allumant les lampes une par une.

– Non ! Je n'en ai aucune envie ! Fiche-moi la paix ! ai-je hurlé contre Marine qui est allée se réfugier dans la chambre de maman.

Je l'ai entendue bavarder avec elle et fouiller dans ses affaires pendant que maman se changeait. J'étais trop contente d'avoir la paix pour regarder la télé.

– Jersey? m'a appelée maman.

Je n'ai pas bougé. Trois secondes plus tard, elle est entrée dans le salon en retirant une boucle d'oreille, un collant autour du bras, et les doigts de pied rouges et meurtris.

– Jersey...

– Hum...

– Tu ne m'as pas entendue, je t'ai appelée?

– Non.

Elle a retiré la seconde boucle d'oreille avec un air las.

– Tu as mis les serviettes dans la machine ?

– Non, j'ai oublié. J'y vais dans deux minutes.

Cette fois-ci, elle a eu l'air exaspérée.

– J'en ai besoin. Je veux les voir dans le séchoir quand je rentre.

– D'accord.

– Et commence à préparer le dîner.

– OK.

– N'oublie pas de vider le lave-vaisselle.

– Ça va ! J'ai compris !

Ce soir-là, j'en avais assez, c'était toujours moi qui prenais le relais de maman, surtout depuis qu'elle avait épousé Ronnie, le père de Marine, quand j'avais dix ans. Jusque-là j'avais toujours vécu seule avec elle. Mon père était alcoolique et nous avait quittées quand j'avais à peine un an. À en croire maman, il passait son temps à entrer et sortir de prison pour des délits liés à l'alcool et il n'avait aucun sens des responsabilités. Elle avait l'impression d'élever deux enfants, mais elle le supportait parce qu'elle l'aimait. Jusqu'au jour où il était parti, pour ne jamais revenir. Elle avait essayé de le retrouver, disait-elle, mais il avait complètement disparu. Chaque fois que je lui demandais des nouvelles de mon père, elle me répondait que même s'il était vivant, il refuserait de nous voir.

Je ne me souvenais même plus de son visage.

Du côté maternel, je n'avais pas non plus de famille. Les parents de maman étaient des gens très rigides, et ils l'avaient mise à la porte quand elle était tombée enceinte, si bien que je ne les connaissais pas. Je n'avais aucune idée de l'endroit où ils vivaient. En tout cas ce n'était pas à Elizabeth.

Ces dix ans de vie seule avec maman m'avaient rendue débrouillarde, et je prenais en charge une bonne part des corvées ménagères. Maman avait besoin d'aide parce qu'elle travaillait beaucoup et je lui rendais volontiers service. C'est vrai, je n'étais pas très gâtée, je n'avais jamais d'affaires de bonne qualité, je ne partais jamais très loin en vacances, mais je ne manquais de rien. Et j'adorais maman.

Après son mariage avec Ronnie et la naissance de Marine, le nombre de corvées avait doublé et la vie quotidienne était devenue pénible. Parfois j'avais l'impression que maman n'était là que pour me rappeler ce que j'avais à faire...

Maman et Marine continuaient à s'agiter. Marine entrait et sortait du salon en sautant, tournoyant, chantonnant, et j'avais la tête enfouie dans un coussin en attendant qu'elles partent. Jusqu'au moment où maman a demandé à Marine de passer aux toilettes avant d'enfiler les ballerines noires qu'elle avait laissées près de l'entrée. Elle-même s'était changée pour mettre un jeans et un T-shirt.

– Allez, en route pour le cours de danse. On rentre dans une petite heure.

– OK, ai-je répondu d'un ton las.

Marine a suivi maman, tel son clone miniature, avec son sac à la main, une vieillerie noirâtre que maman lui avait donnée quand elle en avait eu marre. Marine en était folle et l'emportait partout où elle pouvait car elle y avait rangé tous ses petits trésors.

– Non, laisse-le ici, a dit maman en ouvrant la porte-moustiquaire.

– Si, je veux le prendre.

– Non, tu vas l'oublier, comme la dernière fois, et je n'ai

aucune envie de faire un nouvel aller-retour chez Miss Janice.

– Nooooon ! a hurlé Marine avec sa voix-Débâcle.

Maman lui a jeté son regard comminatoire que je connaissais par cœur.

– Vite, tu vas être en retard et tu vas rater la danse d'entrée.

Elle a déposé son sac au pied de la porte et suivi maman dans ses petites ballerines brillantes soudain tristounettes sous le ciel nuageux.

– N'oublie pas le linge !

– Oui, oui, ai-je chantonné en roulant des yeux.

J'étais tellement sûre de moi, sûre de ce que j'avais à faire – le linge –, sûre du moment où maman et Marine rentreraient, de la soirée qui m'attendait.

Je ne me doutais de rien.

Rien du tout.

2

Je me suis levée pour aller mettre les serviettes dans la machine. Il faisait tellement sombre que j'ai allumé le plafonnier pour y voir plus clair. Le ciel était couvert de nuages noirs, épais, et j'avais l'impression d'être en pleine nuit.

J'ai versé de la poudre sur les serviettes en songeant à ma nouvelle vie depuis que maman était mariée avec Ronnie. Du jour au lendemain j'étais passée de « ce qu'elle avait de plus cher » à « l'*une des* personnes les plus chères de sa vie ». La nuance peut sembler faible, mais elle ne l'est pas. De nouvelles personnes s'imposent dans votre vie, elles prennent de la place, et vous vous sentez à l'étroit, surtout quand vous aviez tout l'espace jusque-là.

Je me souviens que le jour où maman m'avait annoncé qu'elle était enceinte, j'étais ravie. Être enfant unique me pesait ; j'enviais mes amis qui avaient des frères et sœurs. Un écart de dix ans ne me semblait pas excessif. Je me disais que Marine aurait de l'admiration pour moi, que je lui apprendrais des tas de choses, qu'à ses yeux je serais une héroïne. J'avais oublié que, pendant de nombreuses années, ce serait un bébé. Le bébé. Le centre de l'attention.

Moi aussi, j'avais été le bébé chéri de maman, mais le jour où ç'a été son tour, j'ai souffert. Et j'avais des remords. Car j'en voulais à ma petite sœur alors qu'elle n'y pouvait rien.

J'ai mis la machine en route et je suis allée dans la cuisine pour sortir de la viande hachée et une poêle. J'ai allumé le gaz et je suis retournée dans le salon pour regarder la télé en attendant que la viande cuise. Au passage j'ai attrapé mon sac à dos et sorti le livre que je devais lire – *mesdames et messieurs, n'oubliez pas ! n'oubliez pas !*

C'était le début des informations : le présentateur de la météo était debout devant une immense carte, une photo prise au radar sur laquelle une tache rouge brillante se déplaçait par soubresauts. J'ai commencé à lire en attendant que mon émission recommence. Chaque fois qu'une goutte de pluie ou un flocon tombait à Elizabeth, la météo réagissait comme si c'était la fin du monde.

J'écoutais d'une oreille vague, saisissant des bribes du commentaire du présentateur sans y prêter attention.

... système qui provoque les tornades dans le comté de Clay se déplace vers l'est à approximativement... semble prendre de la vitesse... nous annonce deux amerrissages... se dirige vers... devrait frapper Elizabeth à dix-sept heures quinze...

La viande commençait à grésiller. Vite, j'ai déposé mon livre. Peu importe la météo, le dîner passait avant.

À peine ai-je pris la spatule que les sirènes ont démarré.

J'ai tendu l'oreille. La première était tonitruante et venait du côté de mon ancienne école élémentaire, deux pâtés de maisons plus bas. Quand j'étais petite, je m'en souviens, j'étais terrorisée par le hurlement des sirènes. Toute la classe en avait peur, et les maîtres avaient du mal à nous rassurer.

Les plus jeunes pleuraient et plaquaient les mains sur les oreilles en réclamant leur maman, et les adultes criaient pour couvrir les hurlements et l'alarme en nous expliquant que c'était un test, qu'il ne fallait pas paniquer. À partir de la sixième, plus personne n'y faisait attention – *Oh, c'est l'alerte en cas de tornade, laisse tomber* –, et à la fin du collège, c'est à peine si nous l'entendions.

J'ai jeté un œil dans le salon : le présentateur était toujours debout devant l'image Doppler et commentait la carte avec un nombre impressionnant de documents en main. J'ai soupiré en regardant la viande à moitié cuite : j'avais peur d'éteindre, s'il y avait encore une fausse alarme, le dîner serait fichu et maman serait furieuse. J'hésitais car nous étions sous alerte. Et même s'il y en avait une toutes les trois semaines, nous étions censés prendre au sérieux chaque avertissement et descendre nous abriter à la cave.

Personne ne le faisait. Le temps dans le Midwest est trop imprévisible pour que les pronostics soient fiables. Les gens ignoraient les avertissements parce que la plupart ne correspondaient à rien.

Je suis allée regarder par la fenêtre au-dessus de l'évier. Le portique de balançoires du voisin était malmené par le vent. Les anneaux chaloupaient allègrement et le toboggan tremblait. Kolby, qui habitait à côté depuis toujours, était debout sur le perron arrière et observait le ciel, les cheveux balayés par le vent qui découvrait son cuir chevelu à chaque rafale. Dès qu'on annonçait une tempête il sortait sur son perron, comme la plupart des gens. Personne ne voulait rater l'occasion de voir le fameux nuage en forme d'entonnoir d'une tornade.

J'ai frappé contre la vitre mais il ne m'a pas entendue. J'ai frappé plus fort, et cette fois-ci il a agité la main.

Il avait les yeux fixés sur Church Street où une longue file de voitures avançait à une allure d'escargot, avec les phares allumés. C'était le début de l'heure de pointe et les gens rentraient chez eux. Il n'y avait pas une goutte de pluie.

Je suis retournée surveiller la viande, spatule en main. Tant pis, j'avais décidé d'attendre qu'il pleuve ou qu'il se passe quelque chose de plus grave qu'un ciel menaçant. C'était trop tôt pour descendre à la cave.

J'avais à peine effleuré la viande que le courant a sauté et j'ai été plongée dans le noir. Le hurlement des sirènes couvrait le claquement des stores de la buanderie fouettés par le vent.

– Super ! ai-je dit tout haut. Si c'est comme ça, on ira dîner chez McDonald.

J'ai éteint la plaque, et j'ai pris mon livre et mon sac à dos pour descendre à la cave.

Ce n'était pas un endroit très agréable, surtout depuis que Ronnie avait installé un billard, un sofa et un miniréfrigérateur. De temps en temps il invitait des amis qui disparaissaient avec lui en bas, et l'on entendait les boules de billard qui s'entrechoquaient tandis que l'odeur de cigarette montait jusqu'au salon. Il n'aimait pas beaucoup que l'on pénètre sur son territoire, mais ce soir-là je n'avais pas le choix.

J'ai regardé sur son établi et j'ai trouvé une torche qui marchait. J'ai jeté un œil à travers le vasistas : il y avait un vent à décorner les bœufs et il faisait toujours aussi sombre. Je me suis allongée sur le sofa avec mon livre.

Peu après, mon portable a sonné.

– Salut Dani, c’est le moment ou jamais pour préparer le quiz de demain, ai-je dit en imitant le ton de Miss Sopor.

– Tu es au sous-sol ?

Sa voix était fluette. Elle avait l’air inquiète.

– Ouais. Je me demande pourquoi, mais comme il n’y a plus d’électricité, c’est ce que j’avais de mieux à faire.

– Maman m’a dit que la tornade a frappé l’autoroute Highway M. Il paraît qu’elle est train de foncer droit sur nous. Elle voulait que je te prévienne.

La Highway M était bien trop proche à mon goût... Tout à coup j’ai eu peur, même si elle était tout de même éloignée d’Elizabeth et que les autoroutes de campagne étaient facilement touchées.

– Oui, j’ai entendu les sirènes. Ça va, merci, ai-je répondu d’une voix à peine plus rassurée que la sienne.

– Tu sais si Jane est encore au lycée ?

– Je n’ai pas de nouvelles. Je peux lui envoyer un SMS.

– Je l’ai fait. Elle ne m’a pas répondu.

– Ils doivent être en pleine répétition. *De toute façon la salle d’orchestre est au sous-sol, il n’y a pas de problème,* ai-je pensé tout bas. Je vais essayer de l’appeler. J’ai vu Kolby, il est sur son perron.

– Pas étonnant, il est fou. Il rêve d’être emporté par une tornade.

– Je ne comprends pas, il ne pleut pas.

– Peu importe, il est fou. En tout cas, la Highway M a été touchée.

– Je sais.

– Appelle-moi si tu réussis à joindre Jane, d’accord ?

– D’accord.

J'ai envoyé un SMS à Jane. Les sirènes se sont tues et j'ai cru que la tempête était passée, mais il faisait encore plus sombre et les hurlements ont recommencé.

J'ai hésité, mais j'ai appelé maman.

– Jersey? s'est-elle écriée, cernée par un vacarme inouï – appels d'urgence, sirènes de la police, cris de fillettes en larmes. Jersey?

– Il paraît que la tornade a frappé la Highway M.

– Je n'entends rien.

Une femme qui devait être derrière maman a évoqué plusieurs endroits où la tornade avait sévi.

– Jersey?

– Je suis là! Allô? Tu m'entends?

– Jersey? Je ne t'entends plus. Si tu m'entends, descends à la cave, d'accord?

– J'y suis.

Je n'en menais pas large. Maman avait l'air paniquée, or jamais, jamais je ne l'avais vue avoir peur. Jamais elle ne flanchait; elle était forte, inébranlable. Même le jour où j'étais tombée des barres asymétriques en CE1. J'avais atterri sur le cou et il avait fallu m'envoyer à l'hôpital. Elle était assise à côté de moi dans l'ambulance et elle me parlait d'une voix douce, qui m'apaisait.

– Maman? Allô? Tu es là?

– Tout le monde par ici! a-t-elle crié.

Sa voix me semblait très éloignée de son portable alors qu'il était sans doute à côté d'elle – elle avait dû oublier de l'éteindre. J'ai entendu un bruit d'agitation générale, suivi par des cris et des pleurs, puis tout a été noyé dans un immense grondement.

– Maman ?

Elle n'a pas répondu mais je l'ai entendue crier :

– Baissez la tête ! Tête baissée !

Suivi par des pleurs, des hurlements et, je crois, un bruit de glace brisée.

Puis plus rien, hormis le vrombissement des sirènes derrière ma fenêtre.

3

– Maman ? Maman !

Je savais que la ligne avait été interrompue. J'ai composé son numéro frénétiquement mais il n'y avait plus de réseau. Mes mains tremblaient, j'avais l'impression que mes doigts refusaient de taper sur mon clavier. J'ai laissé tomber mon portable à deux reprises avant d'essayer le numéro de Ronnie. Là encore : aucun réseau.

Les sirènes ont retenti une dernière fois avant de s'arrêter net. J'ai entendu un crépitement brutal contre la fenêtre – de la grêle – puis autre chose. De plus fort. Des coups sourds et mats, des grattements contre la porte, comme si une énorme masse cognait dessus. Des claquements métalliques, des sons heurtés.

J'étais assise sur le sofa, tétanisée. J'ai cru qu'un train passait dans la rue et je me suis souvenue d'un jour en CM1 où la maîtresse nous avait lu la description du bruit que produit une tornade, un fracas qui ressemble à celui d'une locomotive. Sur le moment je n'y croyais pas, je ne voyais pas comment une tornade pouvait être autre chose qu'un vent particulièrement fort. Or c'était exactement ça, un train qui passait à toute vitesse.

Le temps s'étirait, le bruit augmentait, mes oreilles vibraient, et je m'agrippais à mon portable comme on se cramponne au bord d'une falaise. J'ai essayé de me calmer pour écouter. Peut-être que je me trompais. Peut-être que j'entendais des voix et qu'il n'y avait pas le moindre train. J'entendais ce que je redoutais d'entendre.

Quand soudain une masse, un volume énorme, a explosé contre la maison. J'ai entendu un éclat de verre brisé à l'étage, de l'autre côté, près de la chambre de Marine. Un claquement métallique a déchiré l'air et j'ai pensé à Kolby. Était-il toujours dehors? La fenêtre de la cave a vibré et un rugissement terrifiant a retenti.

J'ai hurlé, mais ma voix était étouffée par le vacarme. J'ai plongé la tête dans les mains et je me suis jetée sous le billard en attrapant mon sac à dos et mon portable. Je me suis roulée en chien de fusil, la tête dans les bras. J'ai fermé les yeux. Toutes sortes de déflagrations et de crissements résonnaient. Du verre explosait, explosait... Des objets tombaient, valsaient dans les airs, contre les murs. Des grincements de bois qui déchiraient l'air tandis que des murs s'écroulaient; des briques qui s'effondraient; des matériaux lourds qui s'écrasaient au sol avec fracas.

Mais où? D'où? Dans la cave? En haut? Dans la rue? L'espace et le temps semblaient dénaturés, et j'avais perdu le sens le plus élémentaire, celui de l'orientation.

Soudain le vent s'est engouffré sous ma chemise et dans mes cheveux, et je suis tombée à plat ventre, comme si la tornade avait pénétré dans la maison.

Toutes sortes d'objets glissaient sur le sol et me cognaient. J'ai ouvert les yeux et j'ai aperçu une des bottes de travail de Ronnie projetée contre moi. Des tas de papiers voletaient et s'accrochaient à mes bras. Un calendrier mural a filé sous mes yeux en sifflant. Une bouteille de lait vide, dont le contenu s'était renversé, a glissé contre un de mes mollets. Un cendrier m'a heurté la tête et j'ai hurlé en me frottant le crâne, mouillé et chaud, persuadée que je saignais. La table de billard a fait un demi-tour sur elle-même avant de s'immobiliser.

J'avais l'impression d'être broyée dans un maelström sans fin. Tout autour de moi était renversé, secoué, arraché, et ça ne s'arrêterait jamais. J'étais prisonnière d'un cauchemar éternel.

J'avais mal aux bras, aux jambes, au dos, au crâne. Je me suis pelotonnée en me protégeant la tête, en larmes, sanglotant et hurlant en même temps. Je ne sais pas combien de temps je suis restée dans cet état avant de comprendre que c'était fini.

4

J'ai rouvert les yeux et j'ai entendu une pluie diluvienne marteler le sol, comme s'il pleuvait à deux pas de moi. L'atmosphère était toujours aussi sombre, venteuse, mais il y avait un peu plus de lumière.

J'ai pris mon courage à deux mains et j'ai tâté autour de moi pour trouver mon portable. Il était posé entre mon sac à dos et mon ventre. Les doigts livides et tremblants, j'ai essayé d'appeler maman.

Pas de réseau.

J'ai essayé Ronnie.

Pareil.

911, numéro d'urgence.

Rien.

J'ai essayé Jane. Dani. Tous ceux qui me venaient à l'esprit.

Aucune barre réseau. Pas de service disponible.

J'ai repris ma respiration en essayant d'étouffer mes sanglots. J'avais des picotements dans les bras et les jambes à cause de la montée d'adrénaline, de la panique, mais j'ai réussi à me calmer. J'ai entendu des cris dans la rue, des alarmes de voiture, des gens qui parlaient... Une sirène de police bloquée. Un appel à l'aide. Et plus loin, je crois, le feulement du nuage en forme d'entonnoir qui s'éloignait.

Toute mon enfance, on m'avait dit et redit ce qu'il fallait faire en cas de tornade : écouter les sirènes, se réfugier à la cave, au sous-sol, dans un placard au milieu de la maison, et se pelotonner, se protéger et attendre. À l'école, nous avions des alertes deux fois par an depuis toujours. Nous en discutions en classe, à la maison. La météo ne cessait de parler de tornade.

Mais jamais – pas une seule fois – on ne nous avait dit ce qu'il fallait faire *après*.

Car jamais personne n'avait imaginé qu'il y aurait un *après* comme celui-ci.

La pluie et le vent ont duré une éternité. Il faisait toujours très sombre, mais le ciel s'était suffisamment éclairci pour que je distingue la torche qui avait glissé sous le billard.

Kolby! Et si je lui téléphonais? Je pourrais peut-être appeler maman avec son portable? Lentement, j'ai déplié les jambes et, après un moment d'hésitation, j'ai rampé pour quitter mon abri sous la table et je me suis levée.

De l'autre côté de la cave, au-dessus de l'établi de Ronnie qui avait disparu, le plafond avait explosé. Le carré sur lequel je me tenais quand je cherchais ma torche un quart d'heure plus tôt était noyé sous une pile de décombres. La cuisine s'était écroulée, les murs n'existaient plus, les assiettes étaient tombées de leurs étagères, tout avait été détruit et réduit en une pile de gravats sur le sol de la cave. J'ai même aperçu le ciel à travers l'ancien emplacement de la cuisine, avec des bouts de fils et de tuyaux brisés. De l'eau giclait de quelque part.

– Oh mon Dieu ! me suis-je exclamée en tremblant. Oh mon Dieu !

J'ai fait deux ou trois pas vers les gravats, mais plus j'avançais, plus je voyais de ciel. La cuisine avait complètement... totalement disparu.

J'aurais pu traverser les décombres et remonter pour sortir, mais la vue de la cuisine en ruine me paralysait, surtout avec tous ces fils nus et saillants. J'étais clouée sur place. L'escalier qui menait à la cave n'avait pas bougé. Mon petit doigt me disait que je n'avais qu'à monter pour me retrouver à la maison. Le reste du rez-de-chaussée était sûrement en meilleur état que la cuisine.

Le sofa avait été projeté contre le tas de décombres, renversé sur le côté. Des tas de vêtements gisaient partout.

J'ai jeté un œil sur mes mains et j'ai vu que j'avais les doigts couverts de sang séché. J'ai glissé mon portable dans ma poche et tâté le haut de mon crâne. Mes cheveux étaient collants et bizarrement crêpés, mais je n'avais pas mal et je ne saignais pas. Je devais avoir à peine une égratignure. Je pouvais attendre le retour de maman. Tout s'arrangerait quand elle rentrerait.

J'ai continué à tâtonner, et plus j'avançais, plus je découvrais des objets qui n'avaient rien à faire là. Un bout de store. Un DVD. Un tas de papiers trempés. Une laisse de chien. Une balançoire qui devait venir du portique de la petite sœur de Kolby, dont la corde était tordue et usée comme si elle avait été mordue par un monstre géant.

J'ai monté les escaliers et poussé la porte qui s'est à peine entrouverte, bloquée par un objet coincé derrière. J'ai forcé, mais en vain ; j'ai rentré le ventre pour passer de l'autre côté.

À peine ai-je fait un pas que je me suis figée. Heureusement que j'étais sûre d'être devant le salon, sinon jamais je n'aurais reconnu la maison. Le toit s'était complètement volatilisé. Tout. Pas de trous ni de déchirures – littéralement volatilisé. Des pans de murs entiers s'étaient effondrés, et ceux qui avaient résisté semblaient dangereusement fragiles. Une paroi penchait vers l'extérieur, dont la fenêtre avait explosé – le cadre était suspendu dans un coin. Plus loin, là où le salon et la cuisine se rejoignaient, la maison était... s'arrêtait. J'avais vu les dégâts au sous-sol, je savais qu'une grande partie de la charpente s'était écroulée, mais j'étais loin d'imaginer un tel spectacle. Même le four avait disparu. Non pas déplacé, ailleurs, mais disparu, annihilé. Hors de vue.

Je ne pouvais plus aller jusqu'à ma chambre car je n'aurais pas su dire où elle se trouvait. J'étais là, incrédule, le cœur battant si violemment que j'avais la nausée, prenant la mesure du champ de ruines que j'avais sous les yeux. J'avais vu des photos de maisons détruites par une tornade, mais jamais je n'en avais vu ni vécu une vraie. C'était un désastre.

Dehors. Il fallait que j'aille dehors pour voir si les autres maisons avaient subi le même sort. Pour rejoindre maman. Trouver quelqu'un qui m'accompagne et la prévenir, lui dire que j'étais en vie.

J'ai réussi à avancer jusqu'à la porte d'entrée qui, bizarrement, était intacte, toujours sur ses gonds, mais accrochée à un mur en partie détruit.

J'ai mis quelque temps à franchir les gravats en me cramponnant à des bouts de bois pour atteindre la porte, avançant pas à pas et pieds nus. Si seulement j'avais eu des chaussures au moment où la tornade avait frappé, ou si j'en avais emporté avec moi ! Je me suis coupé la main deux fois contre du verre, le sang neuf se mêlant au sang séché sur mes doigts. Je me suis essuyée contre mon jeans et j'ai poursuivi en tâchant de ne pas paniquer en entendant les cris et les voix à l'extérieur.

J'ai franchi un dernier pas jusqu'à la porte, quand j'ai senti mon pied s'enfoncer dans une matière molle et froide. C'était le sac de Marine, celui que maman l'avait obligée à laisser. Je l'ai tiré hors des décombres. Il était couvert de pierraille, plus ou moins mouillé, mais rien de grave. Je l'ai posé sur une chaise de cuisine difforme à côté de moi car je savais que Marine le réclamerait.

J'ai ouvert la porte en forçant et j'ai failli m'évanouir. Une myriade de petites loupiotes dansaient devant moi.

Notre maison n'était pas la seule à avoir été frappée.

Toutes les maisons du quartier avaient été frappées.

La rue était anéantie. Réduite à un tas de décombres, de verre, de morceaux de métal, de mobilier brisé, de bois et de détritus. Je me suis appuyée contre un semblant de mur qui a grincé sous la pression ; vite, je me suis redressée.

Maman, où était maman ? Et Ronnie ? *S'il vous plaît, je vous en supplie, que quelqu'un me vienne en aide !*

Plusieurs voisins étaient debout dans la rue fantôme, hébétés. Mr Klingbeil fixait les ruines de sa maison en secouant la tête, les mains sur les hanches. Mrs Fay était blottie dans les bras de Mrs Chamberlain et pleurait toutes les larmes de son corps. Des enfants traînaient, accroupis, à la fois ahuris et excités, ramassant des branches, des jouets, des briques. Certains avaient l'air graves, comme s'ils mesuraient l'ampleur de la catastrophe. Il y avait deux personnes qui fouillaient parmi les restes de leur maison, attrapant des bouts de ceci ou de cela avant de les rejeter.

J'ai remarqué un mouvement particulier là où notre rue croisait Church Street. Une file de gens avançaient à pas lourd, hagards. Au loin j'ai entendu les sirènes de véhicules d'urgence, mais aucune alarme vraiment proche. Il n'y avait plus de voie libre, aucun moyen de passer en voiture.

Brusquement un homme s'est écroulé, aussitôt rattrapé par une femme qui s'est mise à hurler : « À l'aide ! C'est mon mari ! S'il vous plaît ! », mais les gens continuaient à errer, abasourdis ou blessés. Heureusement un voisin a aidé la femme à relever son mari et tous deux l'ont pris sous les épaules avant de s'éloigner.

– Nom de Dieu… ai-je entendu.

C'était Kolby qui était en train de se hisser à travers la fenêtre de sa cave, apparemment l'unique ouverture par laquelle il pouvait passer. Sa maison avait été complètement rasée.

– Nom de Dieu ! Nom de Dieu ! a-t-il hurlé.

Sa petite sœur l'a suivi en sortant par la fenêtre, découvrant le paysage désolé, comme moi, pieds nus et couverte de terre.

– Ça va, Jersey ? m'a crié Kolby.

J'ai répondu oui en hochant la tête, mais j'étais au bord de l'évanouissement et mes mouvements étaient lents et mous.

Il s'est agenouillé devant la fenêtre et a enfoncé la tête à l'intérieur avant de ressortir en tirant quelqu'un par les bras. C'était sa mère, qui s'est extraite en chancelant, tombant brusquement assise devant la fenêtre.

– Dieu du ciel ! s'est-elle exclamée. Seigneur Jésus, merci de nous avoir épargnés. Merci de nous avoir sauvés, doux Jésus !

– Tu ferais mieux de t'éloigner du mur, m'a lancé Kolby en traversant un tas de bois pour se rapprocher.

Soudain il a écrasé un hochet qui a couiné, et je l'ai regardé en me demandant d'où il venait et à quel bébé il appartenait.

– Jersey ? Hé ho, Jersey ? Ça va ?

J'ai fait oui de la tête comme un automate, quand soudain j'ai vu l'image d'un bébé projeté dans les airs et dévoré par l'œil d'une tornade monstre... et tout s'est mis à tourner autour de moi.

– Ouh là ! s'est écrié Kolby en se précipitant. Quelqu'un pourrait m'aider, s'il vous plaît ?

– Ça va, ai-je marmonné. Il faut que je m'assoie.

– Tu saignes. Tu as mal quelque part ?

– Je me suis pris un cendrier dans le crâne. Mais ça va, c'est juste une égratignure.

J'ai entendu sa mère appeler quelqu'un en demandant s'il y avait des blessés. Kolby était accroupi au-dessus de moi, son visage à quelques centimètres du mien.

– Où sont passés les autres ?

Voyant que je ne répondais rien, il a ajouté :

– Ta mère ? Ronnie ? Marine ?

– Maman a emmené Marine à la danse. Je ne sais pas où est Ronnie. Peut-être en train de rentrer ou...

Je me suis interrompue en voyant Mr Fay indiquer à Mrs Fay une poutre qui dépassait du flanc de leur maison. Mrs Fay a pris une photo avec son portable...

– Toute la rue est par terre, ai-je bredouillé.

Kolby s'est relevé pour observer la file de gens qui s'éloignaient des ruines du côté de Church Street.

– Je sais, m'a-t-il répondu. C'est... délirant !

– Tu crois que la tornade est allée jusqu'où ?

Silence.

– Kolby ? Tu crois qu'elle est allée jusqu'où ?

– Aucune idée. Loin, j'ai l'impression.

Il avait la voix blanche et cassée.

– Tu crois... ?

J'avais peur de finir ma question, peur que la réponse soit non.

Tu crois que maman va pouvoir me retrouver ?

5

J'ai passé plusieurs heures dans le brouillard. Autour de moi des hommes allaient de maison en maison, essayant de repérer les appels de personnes prisonnières des décombres. Au moindre frémissement – le miaulement d'un chat, le grincement d'une planche de bois, un infime vagissement –, ils se précipitaient à genoux et écartaient tout ce qui les gênait pour voir s'il y avait quelqu'un. Chaque fois qu'ils passaient devant une ouverture donnant sur une cave, un cri retentissait, et un visage reconnaissant et impatient apparaissait.

Jusqu'au moment où ils sont tombés sur Mrs Dempsey.

Trop mal en point pour descendre dans la cave, la vieille dame était allée se réfugier dans sa baignoire en emportant des oreillers. C'est ainsi qu'ils l'avaient découverte, entourée d'oreillers et le buste écrasé par un climatiseur. Ils ont soulevé l'appareil pour la dégager, et Mrs Fay a trouvé un rideau de douche dans lequel elle a drapé son corps.

L'humeur s'est assombrie, les gens ont commencé à demander quand les secours d'urgence allaient arriver. On entendait des véhicules hurlant et retentissant au loin, mais aucun ne semblait se rapprocher. Un homme s'est mis à crier dans un mégaphone ou une sono, mais personne ne comprenait le moindre mot. Les sons étaient étouffés, diffus. Mais pourquoi? Pourquoi tout paraissait-il si lointain?

Les secouristes improvisés ont ralenti leurs efforts. Certains s'asseyaient, d'autres fouillaient parmi leurs affaires d'un air absent. Ils avaient creusé pendant des heures et ils devaient mourir de soif, mais leurs doléances étaient aussi une façon d'oublier ce qu'ils redoutaient – découvrir un nouveau corps, peut-être celui d'un enfant ou d'un adolescent, d'une personne avec qui ils auraient déjeuné la semaine précédente...

J'étais assise sur un bout de parpaing et je les observais. Je consultais régulièrement l'écran de mon portable. Toujours pas de réseau. Je cherchais à voir si la voiture de maman arrivait au loin, mais en vain.

– On va faire un tour, tu veux venir? m'a proposé Kolby, réapparaissant soudain.

J'ai fait non de la tête sans le regarder.

– Sûre et certaine? Viens, on va voir jusqu'où vont les dégâts. Je me demande où vont tous les gens sur Church Street.

Non.

– Tu es sûre que tu préfères rester seule?

Il frottait le bout de sa chaussure contre le parpaing sur lequel j'étais assise.

– Je peux rester, si tu veux.

– Non merci, c'est bon. J'aime autant ne pas bouger. Si maman revient et que je ne suis pas là, elle va paniquer.

Jusqu'à quel point étais-je honnête? Car je restais aussi par lâcheté, par faiblesse, parce que j'avais peur d'affronter la catastrophe. Je n'avais pas envie de savoir pourquoi ces gens défilaient le long de Church Street.

Il s'est éloigné et j'ai essayé de me concentrer pour éviter de penser à toutes les affaires que j'avais perdues, ou à Mrs Dempsey, le corps couvert d'un rideau de douche à quelques mètres de moi. Je me souvenais de mes vêtements, de mes boucles d'oreilles, de ma musique... C'est vrai, je n'avais rien de très à la mode ni de très luxueux, mais si tout avait disparu... Je n'aurais rien, plus rien. Quelques babioles bon marché valent mieux que rien, non ?

Et les affaires de maman ? Qu'est-ce qu'elle avait perdu ? Et celles de la famille ? Combien de temps faudrait-il pour tout récupérer ?

Soudain j'ai remarqué que j'avais le pied posé sur une photo et je l'ai ramassée. Où étaient passées nos photos ? L'histoire de notre famille finirait-elle aussi sous les pieds d'une étrangère ? Ou directement à la poubelle ?

L'idée me faisait froid dans le dos. Comment construire son histoire en sachant que ses souvenirs reposent sous des peaux de banane noircies au fond d'une décharge ?

J'ai longuement regardé la photo. C'était une famille qui posait près d'un arbre, tous habillés en jeans et T-shirts assortis. Au premier rang un petit garçon faisait des grimaces, souriant de toutes ses dents et les yeux presque entièrement fermés. Celle qui devait être sa grande sœur avait de longs cheveux raides et souriait délicatement, le bras de son père autour de la taille. Ils avaient l'air heureux. La tornade les avait-elle frappés ? Dans quelle rue vivaient-ils ? Où était cet arbre ?

Je me suis levée en sursautant. Les arbres...

Ils avaient disparu. Non pas cassés en deux, ni déracinés, ou projetés çà et là comme après une tempête. Non, disparus. Avec d'immenses trous à la place des racines. Les troncs avaient été décapités. Les branches, arrachées. Plus un brin de verdure dans la rue où nous habitions, tout à l'heure encore bordée d'arbres. J'ai regardé au-delà des maisons en ruine et des décombres : plus un seul arbre debout.

J'ai déposé la photo là où je l'avais trouvée et je me suis rassise. Le temps passait et le début de la soirée approchait. Mon ventre commençait à crier famine et j'ai pensé à la viande hachée que j'avais laissée dans la poêle. Qu'est-ce qu'on allait manger pour le dîner? La question m'a rappelé mon portable. Toujours pas de réseau. Pas de maman.

Peu après Kolby est revenu avec sa mère et sa sœur – trois silhouettes sombres sous un ciel mêlant le gris du soir et l'obscurité de la tempête menaçant. Tout le monde s'est levé pour les interroger ; les gens étaient animés par une curiosité mêlée d'effroi.

– Disparu... répondait Kolby quand je me suis approchée. (Il avait les yeux qui brillaient et le visage couvert d'une poussière granuleuse.) Pas vu...

Sa petite sœur était à côté de lui et agrippait l'ourlet du chemisier de leur mère.

– On a marché un kilomètre et demi environ, expliquait celle-ci d'une voix assurée. Partout, c'est le même champ de ruines. Et il y a des gens qui... Jésus, je vous en supplie, aidez-les, ces pauvres gens...

– Est-ce que les ambulances...? a demandé Mrs Fay avant de s'interrompre en voyant Kolby secouer la tête.

– Aucun moyen d'arriver ici. Les rues débordent de gravats.

Les maisons sont anéanties à perte de vue. Je n'ai même pas réussi à voir Bending Oaks. Tout le bâtiment...

Bending Oaks était le lycée où j'allais, à un peu plus de quatre kilomètres de la maison. Comme il était perché au sommet d'une colline, on le voyait de partout et il était difficile d'imaginer le paysage sans cette grande bâtisse qui se détachait contre le ciel.

– ... une poutre à travers la jambe, poursuivait Kolby. Il était en train de se hisser hors des gravats et son voisin avait trouvé une brouette. Il paraît que l'hôpital a été touché. Les gens ne savent plus où aller. Personne n'a jamais vu ça.

L'hôpital d'Elizabeth était situé à une dizaine de kilomètres, de l'autre côté de la ville. S'il avait été frappé, et si mon lycée avait été frappé, cela signifiait que la tornade avait ravagé une grande partie de la ville. Et que le studio de danse de Marine se trouvait en plein sur son passage.

J'ai pensé à la file de gens qui marchaient sur Church Street. À l'homme qui s'était écroulé. Tous étaient à la recherche de secours, mais s'il n'y en avait plus, que faire? Jusqu'où fallait-il aller pour recevoir des soins?

– Mon Dieu, je t'en prie, ne nous abandonne pas en ce temps de chagrin et de douleur... ânonnait la mère de Kolby, les yeux fermés et les paumes de main tendues vers le ciel.

Kolby lui a jeté un regard hésitant, comme s'il voulait prier avec elle mais n'osait pas. Deux voisins se sont approchés en murmurant régulièrement « Amen », et leur litanie a résonné le long de la rue dévastée.

Personne ne savait comment réagir, si bien que les gens ont eu le réflexe de se rassembler autour de Kolby et de sa mère, et peu à peu les langues se sont déliées, chacun racontait ce qui lui était arrivé.

Un homme expliquait que son fils avait été littéralement aspiré hors de sa chambre alors qu'il cherchait une station de radio météo. Une femme ajouta qu'elle n'avait plus de nouvelles de son mari qui revenait de son travail en voiture. Un autre, au contraire, se demandait si sa femme qui était de service dans l'unité de pédiatrie de l'hôpital était saine et sauve. Un autre encore avait entendu des coups et des cris sous une voiture, et il était sûr qu'il avait des voisins bloqués chez eux. Quant aux maisons... tout le monde avait perdu la sienne, alors dans de telles conditions, où aller ? Que faire ?

C'était en train de devenir une obsession : que faire ?

Le ciel s'est éclairci, de grosses gouttes de pluie sont tombées, crépitant contre les planches sur lesquelles les gens étaient assis et dégageant une odeur de terre. Nous n'avions pas d'arbres pour nous abriter. Pas de parapluies. Le seul rideau était celui qui servait de linceul à Mrs Dempsey.

Deux hommes ont réussi à ouvrir la portière d'une voiture dans laquelle plusieurs personnes se sont précipitées. Les vitres étaient si embuées que j'ai cru qu'ils avaient disparu, mais au moins ils étaient à l'abri.

Le vent balayait la pluie et nous fouettait les oreilles. J'avais les cheveux qui dégoulinaient mais c'était agréable, même si j'avais froid et si je me demandais ce que le sort nous réservait.

– Seigneur Dieu, je t'en supplie, continuait la mère de Kolby, fais que plus jamais nous n'ayons une tornade...

Priait-elle vraiment, ou était-ce une façon d'exprimer la peur qui nous hantait?

Plusieurs voisins se sont réunis pour remonter un pan de mur et le fixer contre ce qui restait de leur maison. Ils se sont abrités dessous, trempés, les pieds s'enfonçant dans les gravats gorgés d'eau.

Tout le monde pleurait, et nos larmes se mêlaient à la pluie à mesure que le cauchemar que nous vivions se faisait réel.

La mère et la sœur de Kolby sont allées rejoindre le petit groupe réfugié contre le mur, et je me suis retrouvée seule à côté de Kolby.

– J'ai vu un type, a-t-il commencé à raconter, j'ai cru que... que le type avait reçu une bombe. Il était coupé en deux, je te promets. Je ne sais pas où ses jambes étaient passées. À mon avis elles étaient sous les décombres.

– Mon Dieu ! Et Tracy?

– Elle n'a rien vu. Maman marchait devant avec elle en la tenant par la main. Mais je n'arrive pas à me défaire de cette image.

J'ai posé la main sur son épaule, mais aussitôt je l'ai enlevée, gênée.

– J'ai vomi, a repris Kolby. Je me sens trop nul, vomir... c'est... Oh, laisse tomber.

J'étais mal à l'aise parce que je ne savais pas quoi lui répondre. Depuis toujours je jouais avec lui au base-ball, au chat et à la souris, je construisais des châteaux avec lui, je faisais du vélo avec lui. Jamais on ne parlait de vomi, ni de pleurs, ni de peur.

Or j'avais peur. Tellement peur...

– Je rentre, ai-je dit, comme si j'en avais assez de jouer à cache-cache ou si je voulais regarder la télé et dîner, tout ce qu'il y avait de plus normal...

– Tu rentres ? Mais où ?

J'ai fait un geste du côté de chez moi.

– À la cave, au cas où... *Il y aurait une nouvelle tornade.* Au cas où maman rentrerait.

– Je te le déconseille. Les fondations ne sont plus très stables. On dirait que ta maison penche. Et le plafond a été éventré.

– Non, ça va aller. On est mieux à l'intérieur.

C'était un pur mensonge. Mais plus le tonnerre grondait, plus le regard hanté de Kolby me rappelait l'image de cet homme sectionné en deux. Et plus je voyais sa mère prier, plus je flanchais. *Mon Dieu, je t'en supplie, épargne-moi une nouvelle tornade. Plus jamais ça. Pas toute seule.*

Mais je préférais m'abriter à la cave parce que c'était l'unique endroit où je me sentais en sécurité.

– Je reviendrai quand il s'arrêtera de pleuvoir.

Il m'a prise par le bras mais je me suis doucement dégagée. J'ai souri. Ou essayé. Une esquisse de sourire.

– Ne t'inquiète pas, Kolby. Mais toi, tu devrais aller rejoindre ta mère et Tracy.

Un éclair a déchiré le ciel et j'ai sursauté.

– Tu veux que je t'accompagne ?

À voir son regard inquiet sur la maison, j'ai compris qu'il préférait que je refuse. Il hésitait entre l'envie de me protéger et l'envie de prendre soin de sa mère et de sa petite sœur.

Heureusement, car je ne tenais pas à ce qu'il m'accompagne. Kolby était un ami proche, mais la désolation de la maison telle que je l'avais laissée me gênait. C'était toute la vie de ma famille qui était mise à nu, à sac, réduite à un tas de plâtras. Je ne voulais pas qu'il voie ça, même si la plupart de nos affaires gisaient dans la rue, peu à peu transformées en gadoue par la pluie.

– Ça va, merci. Mais si tu vois maman, tu pourrais lui dire que je suis à l'intérieur, s'il te plaît ?

– D'accord. Si jamais tu as besoin de quelque chose...

Il a hésité, pensant sans doute à ce que je pensais moi aussi : *Quoi ? Si j'ai besoin de quoi ? Qu'est-ce que tu pourrais faire ? Toi aussi, tu as tout perdu, non ?*

Je me suis dirigée vers la maison en tremblant. Le tonnerre avait beau gronder, j'y suis arrivée, j'ai franchi le perron et j'ai poussé la porte.

Inconsciemment, je m'attendais à retrouver la maison telle que je la connaissais. La moquette marron avec les traces de l'aspirateur que maman aurait passé. La télé allumée. Le mur de miroirs derrière la table de la salle à manger – une empreinte de l'époque où la maison avait été construite, dans les années 1970 – qui reflétait la table et les chaises mal assorties achetées dans un vide-greniers. Le linoléum blanc émaillé de fleurs bleues qui allait jusqu'à la cuisine. La petite lampe de la machine à laver clignotant pour indiquer la fin du cycle. Le bourdonnement du réfrigérateur et du climatiseur.

Rien. Il pleuvait. Dans ma maison. Le plâtre mouillé sentait la craie, et seul l'orage rompait le silence.

J'ai essayé de repérer des objets familiers. Le meuble de télévision manquait, mais le téléviseur était là, comme si quelqu'un l'avait reposé par terre après avoir emporté son support. Évidemment, à quoi bon une télé sans électricité ?

Le sac de Marine était là où je l'avais déposé. Je l'ai ouvert et j'ai aperçu trois paquets de chewing-gums et un rouge à lèvres nacré que maman lui avait donné. Les petits trésors de Marine.

J'ai ramassé le sac et j'ai emprunté le passage que j'avais dégagé en tâchant d'éviter les échardes et les bris de verre, levant bien haut les pieds à chaque pas. Arrivée au sommet des marches, j'étais enfin à l'abri de la pluie. Je suis restée là, essorant mes cheveux et m'essuyant les joues en me demandant que faire.

Que faire pour survivre jusqu'au retour de maman et de Ronnie?

6

Le miniréfrigérateur de Ronnie contenait une douzaine de bouteilles d'eau, deux ou trois bières, un peu de fromage dans une boîte, et un paquet de saucisses. Mais il fallait que je franchisse un barrage de planches écrasées et de décombres pour y arriver, et le temps de dégager le terrain, j'avais tellement soif que je me suis précipitée sur la porte du réfrigérateur et j'ai bu une bouteille d'eau presque entière au goulot.

J'ai failli me laisser tenter par le fromage, mais j'avais peur d'y toucher car je ne savais pas ce que nous aurions une fois que maman, Ronnie et Marine seraient rentrés. Quand y aurait-il des secours dans la rue? Apporteraient-ils des provisions? Tout à coup j'ai pensé au grand réfrigérateur de la cuisine. Vite, j'ai chassé l'idée qu'il aurait pu traverser le plancher et s'effondrer sur moi et je me suis déplacée pour ne pas rester sous l'emplacement de la cuisine.

J'ai fini de boire en écoutant le vent et en regardant la pluie diminuer et reprendre de plus belle.

La cave plongeait dans l'obscurité à mesure que la nuit s'installait. On n'entendait plus rien, ni voix, ni sirènes, ni voitures. Seul le crépitement de la pluie et le grondement du tonnerre.

Je suis allée voir dans quel état était le sofa. Le dossier était mouillé, mais les coussins étaient secs. Je les ai mis sur le billard que j'ai poussé dans le seul coin qui paraissait à l'abri. Puis je les ai disposés dessous pour me faire un matelas et j'ai rassemblé le sac de Marine, la torche et mon portable. J'ai fouillé dans la vieille armoire que maman avait descendue à la cave et j'ai trouvé deux ou trois serviettes de plage, un jeu de cartes dans une boîte sur laquelle était gravée la date de la lune de miel de maman et Ronnie à Las Vegas, et la couverture que nous emportions en pique-nique ou le 4 Juillet, dans le parc, pour aller voir les feux d'artifice. J'ai tassé les serviettes pour en faire un oreiller et je me suis glissée sous la couverture, puis j'ai rangé le jeu de cartes dans le sac de Marine et allumé la torche avant de m'allonger sur les coussins. Je me sentais bien, prête à attendre le retour de toute la famille le lendemain, même si je rêvais qu'ils reviennent plus tôt.

Le roman que je lisais avant la tornade était humide et avait une ou deux pages arrachées, mais il était lisible. J'ai décidé de le reprendre pour faire passer le temps. J'avais oublié Miss Sopor : sa maison était-elle aussi démolie ? Et le lycée ?

Sûrement. Ce n'était pas possible autrement. Et Jane ? Où était-elle au moment de la tornade ?

J'imaginais tous les élèves retournant au lycée et les milliers d'histoires de chacun sur la tornade, les maisons saccagées, les voitures éventrées... *Et Jersey Cameron ? Et Kolby Combs ? Ils sont absents. Il paraît qu'ils ont tout perdu.* La pensée me faisait horreur. Je n'avais aucune envie qu'on raconte que Jersey Cameron, la pauvre petite fille du club de théâtre, avait tout perdu. J'ai roulé sur le côté avec mon livre tout mou dans une main, et de l'autre j'ai essayé d'appeler maman. Rien. *Maman, où es-tu ? Quand est-ce que tu vas venir me chercher ?*

J'ai tapé un texto pour Dani – *Suis dans la cave. Ça va mais tout est détruit. Et toi ?* – puis un autre, pour Jane – *Survécu à tornade. Et toi ?* J'ai fixé l'écran pour être sûre que ça passait, mais peu après est apparu un message d'erreur.

J'avais de nouveau des gargouillis dans le ventre. J'ai fouillé au fond du sac de Marine et j'ai senti une bouffée de cannelle et de menthe mêlée au parfum du maquillage de maman et du shampoing de ma petite sœur. J'ai creusé jusqu'à ce que je tombe sur un paquet de chewing-gums. Vite, j'en ai fourré un dans ma bouche pour tromper la faim et j'ai mâchouillé en écoutant la pluie et en jouant avec le papier.

Je pensais à Marine. La pauvre, elle détestait les tempêtes. Elle devait être terrorisée, surtout si elle était enfermée dans un placard avec ses petites copines de la danse, serrées comme des sardines. Ou peut-être que maman essayait de la calmer en lui caressant les cheveux et en lui parlant. En la berçant. Essayant de lui changer les idées.

Pourvu qu'elles aillent bien. Pourvu qu'elles soient à l'abri chez les policiers ou réfugiées dans un magasin, et qu'elles arrivent à me joindre ou à revenir en voiture...

J'ai pris un crayon dans mon sac à dos, j'ai lissé le papier de chewing-gum, et j'ai dessiné une minuscule silhouette sur la pointe des pieds, les bras et les jambes pliées, avec des petits traits courbes pour indiquer le mouvement. Je lui ai ajouté des grands yeux soulignés par de longs sourcils, puis une couronne de princesse, pour rire.

« Marine dansant le swing de la côte Est », ai-je écrit au-dessous, avant de regarder le tout en souriant.

Marine adorerait si elle était là.

J'ai replié le papier et je l'ai glissé dans la pochette intérieure de son sac.

Le lendemain matin quand je me suis réveillée, la pluie avait laissé place à une luminosité qui accentuait le contour de chaque chose. J'ai repoussé ma couverture en me remémorant petit à petit les événements de la veille.

Non, ce n'est pas un rêve. La tornade a vraiment eu lieu.

J'ai regardé l'heure sur mon portable. Onze heures. Aucun message. J'ai appelé maman mais, sans surprise, je suis tombée sur une réponse automatique annonçant que l'appel ne pouvait aboutir.

Il faisait chaud. J'avais les cheveux plaqués dans le cou et un petit filet de transpiration glissait lentement de ma nuque. Le côté de la cave éventré, saturé d'eau la veille, était inondé de soleil. Une odeur nauséabonde se dégageait.

J'avais faim.

J'avais soif.

Et pire que tout, j'avais envie de faire pipi.

J'ai aperçu le seau de peinture dans lequel Ronnie rangeait toutes sortes de chiffons. Quelle angoisse. Tant pis, je me retiendrais.

Pour oublier mes problèmes de vessie, j'ai pris dans le réfrigérateur deux saucisses que j'ai dévorées froides. Dans combien de temps les autres seraient-elles périmées ? J'ai bu de l'eau en refermant la porte du réfrigérateur pour qu'il ne chauffe pas trop vite et j'ai tendu l'oreille.

Je distinguais des bribes de phrases, des mots qui revenaient : « dedans », « démoli », « continuer à faire pression dessus », « ambulance », « submergé »... Au loin, j'ai entendu le vrombissement d'une tronçonneuse.

Je me suis concentrée pour voir si j'entendais maman, ou Ronnie, ou Marine, si jamais ils m'appelaient.

Mais rien.

La pression sur ma vessie était si forte que j'ai pris mon courage à deux mains et je suis allée faire pipi dans le seau. Pourvu que personne n'arrive pour me « sauver » pile à ce moment-là.

J'ai repéré une vieille paire de boots de travail de Ronnie à côté du seau. Elles étaient affreuses, couvertes de boue séchée et de brins d'herbe flétris, mais ça valait mieux que de rester pieds nus.

Je les ai renversées en les secouant pour retirer les insectes morts et j'ai fourré des chiffons à l'intérieur avant de les enfiler et de les lacer bien serré.

J'avais l'impression d'être la créature de Frankenstein traversant la cave à pas de géant, j'ai d'ailleurs failli me casser la figure deux fois. J'avais chaud et je rêvais d'avoir un climatiseur ou de prendre une douche froide. Hélas, j'étais condamnée à la chaleur moite du Missouri, condamnée à transpirer au fond de cette cave.

Grâce à la lumière, j'arrivais à me repérer et à identifier des affaires sous les gravats. Je suis remontée pour aller dans ce qui restait du salon et mettre de côté des objets auxquels maman tenait : sa robe de chambre, trempée, pleine de boue, que j'ai posée sur une table renversée. Des DVD, encore dans leur boîte, que j'ai rangés en piles par terre. Des draps qui s'étaient enroulés autour de pieds de meubles, comme des cordages. À quoi ressemblaient-ils au moment de la tornade? À d'immenses drapeaux blancs déployés dans le ciel?

J'ai tâché de faire un peu de ménage – pas grand-chose – puis je suis ressortie pour retrouver Kolby. Il était là, assis sur un petit carré de pelouse près de la fenêtre d'où j'étais sortie la veille, avec un bandana autour du bras.

– Qu'est-ce que tu as?

– Je me suis coupé avec du verre.

C'était un vieux bandana violet, qui absorbait à peine le sang qui continuait à couler.

– Tu as mal?

– À mon avis j'ai besoin de points de suture, mais ça va.

J'ai soulevé un bout du bandana et j'ai vu qu'il avait une entaille très profonde.

– Ce n'est vraiment pas beau à voir, dis-moi. Tu as besoin de...

D'un médecin. Mais pourquoi finir ma phrase? Comment trouver un médecin?

– Ça va aller? ai-je repris. Il faudrait que je déniche quelque chose pour fixer ton bandana.

J'ai balayé du regard ce qui restait de nos jardins pour essayer de repérer un bout de ficelle.

– J'ai une idée!

Je suis allée là où sa mère étendait son linge et j'ai vu que le fil était là, enroulé autour d'un des deux piquets. Je l'ai dénoué pour l'apporter à Kolby et le fixer autour de son bandana.

– Ça fait longtemps que tu es réveillé?

– Je n'ai pas fermé l'œil de la nuit, m'a-t-il répondu, grimaçant chaque fois que je serrais un peu trop. Maman a voulu qu'on aille dormir chez Mrs Donnelly parce qu'elle a une grande cave, mais on a mis presque deux heures à la vider. Je ne pense pas que les autres aient beaucoup dormi non plus. Ma mère y est en ce moment. Elle a prié presque toute la nuit. Mais je n'aurais pas dû te laisser toute seule.

– Ne t'inquiète pas. Je me suis fait un lit sous le billard. Ça allait.

Arrivée au bout du fil, j'ai fait un nœud en coinçant les deux extrémités sous le bandana. Il a tiré dessus pour le remonter sur son avant-bras mais j'ai vu qu'il saignait encore et que son bandana était de plus en plus rouge de sang. Il a repris sans faire attention :

– Ce matin, il y a des camions qui ont réussi à arriver jusqu'ici. C'est grave, Jersey, beaucoup de gens sont morts, il paraît.

Nos yeux se sont croisés, mais j'ai détourné le regard du côté du quartier en ruine. Deux gamins grimpaient sur une voiture dont le capot et le pare-brise étaient écrasés.

– J'ai du mal à croire qu'on soit... sans abri, ai-je dit. On est censés aller où?

Il a ramassé un bout de planche qu'il a rejeté avant de déterrer un bout de fer avec lequel il s'est mis à jouer.

– Nous, on va à Milton, chez ma tante, m'a-t-il répondu. Il paraît que des gens vont être logés dans des motels à Prairie Valley. Les gens vont là où... où ils peuvent.

Il s'est levé en grimaçant et a pris un morceau de clôture qu'il a balancé d'un air distrait en ajoutant :

– J'aimerais bien retrouver le sac de ma mère pour qu'on ait un peu de monnaie. Mais qui sait s'il est ici ou à dix kilomètres à la ronde ? Viens, on va voir.

Je me suis redressée pour le suivre, clopin-clopant, en me penchant régulièrement pour ramasser une brique, un bout de bois, un tas de vêtements trempés, un pauvre bouquin fichu...

– Fais gaffe, ne cessait de m'avertir Kolby. Je ne sais pas si c'est stable par ici.

– Ça va aller, répondais-je.

Nous avons marché longtemps, jusqu'à ce que nous mourions de soif. Heureusement, un des camions qui étaient arrivés jusque-là avait déposé des caisses de bouteilles d'eau et nous avons pu en profiter.

– Oh, laisse tomber, on ne retrouvera jamais le sac de ma mère, m'a dit Kolby.

– On ne sait jamais. J'ai retrouvé celui de Marine près de la porte, pile là où elle l'avait déposé.

J'ai aperçu Mr Fay qui jetait des bricoles ramassées sur une pile d'objets qui lui arrivait à hauteur de hanches.

– Tu penses qu'ils sont où ?

J'avais enfin osé lui poser la question qui me taraudait depuis le réveil, et il savait parfaitement de qui je parlais, fixant ses pieds d'un air gêné.

– Aucune idée. Ils étaient où quand la tornade a frappé ?

– Maman était avec Marine à son cours de danse. Ronnie...

Je n'ai pas pu continuer, pas pu dire tout haut ce que je redoutais tout bas. Si des camions avaient pu passer, eux aussi auraient pu passer. Maman serait revenue car elle devait se faire un mauvais sang inimaginable en pensant à moi.

S'ils n'étaient pas là, c'est donc que quelque chose les empêchait de venir.

– On peut marcher jusqu'au studio de danse, ce n'est pas très loin, m'a proposé Kolby.

– À deux kilomètres environ.

– De toute façon il n'y a rien de sympa à la télé, a-t-il ajouté pour rire en jetant un œil sur nos maisons en ruine.

Sauf que ni lui ni moi ne riions.

– Une seconde, je vais prévenir Tracy pour que maman ne s'inquiète pas.

J'étais partagée entre l'attendre et partir tout de suite à la recherche de maman, Marine et Ronnie, puisqu'ils ne revenaient pas. C'était à moi d'y aller.

Mais j'avais peur.

Et si je ne les trouvais pas ?

Si personne ne les avait vus ?

7

Plus nous approchions de Church Street et plus le nombre de voitures augmentait. Beaucoup de chauffeurs s'arrêtaient pour proposer aux gens de les déposer quelque part, leur donner une bouteille d'eau ou un kit de soins d'urgence. Des badauds se distrayaient en prenant des photos et en commentant la catastrophe d'un air léger.

Les autres, ceux qui défilaient, avaient une expression figée, absente, comme s'ils ne savaient plus où ils allaient ni où ils étaient. Certains portaient un bébé dans les bras. D'autres étaient couverts de sang séché. D'autres encore racontaient ce qui leur était arrivé – toujours la même histoire : la maison s'est écroulée, le vent a tout emporté, on s'est fait cogner par ceci ou cela, notre voiture s'est volatilisée, notre rue s'est volatilisée, notre vie s'est volatilisée...

– Si vous faites un kilomètre de ce côté-là, vous sortirez du corridor de la tornade, indiqua une femme à Kolby en désignant l'est. Il a plu du nord au sud, alors je vous conseille de vous orienter vers l'est, et à un moment vous tomberez sur une chaussée goudronnée.

Nous avons suivi ses conseils, découvrant peu à peu

l'ampleur des ravages avant d'atteindre des quartiers moins touchés.

– Tu sens ? m'a demandé Kolby. Ça pue.

J'ai pensé à la viande que j'avais commencé à faire griller dans la poêle. Elle devait être en train de pourrir au soleil avec les réserves de nourriture de centaines d'autres maisons.

– Ça sent le linge humide resté trop longtemps dans la machine.

– Et ça va empirer, crois-moi. Avec le soleil et tous les trucs trempés.

– Et la nourriture qui pourrit.

– Sans compter les gens.

Il avait dit ça sur un ton tellement détaché que je me suis figée en le regardant dans le blanc des yeux.

– Quoi ? Bien sûr qu'il y a des gens morts sous ces ruines. Et des animaux. On n'y peut rien.

– D'accord, mais tu n'es pas obligé de le dire sur un ton aussi glacial.

J'ai recommencé à avancer et je l'ai entendu murmurer derrière moi :

– Moi aussi, ça me fait froid dans le dos.

Nous sommes arrivés au sommet d'une petite colline d'où l'on voyait parfaitement le trajet de la tornade. C'était incroyable : les maisons étaient successivement rasées, en ruine, légèrement abîmées, puis intactes. À certains endroits, une maison qui s'était effondrée en jouxtait une autre qui avait à peine perdu quelques tuiles.

À nos pieds, au bout d'une rue, une foule était rassemblée. On entendait vrombir des tronçonneuses tandis que tous s'agitaient et s'interpellaient pour proposer de la nourriture ou des secours. Les choses semblaient beaucoup plus organisées que dans notre quartier. Plusieurs tentes avaient été montées dans un coin, avec des tables pliantes couvertes de nourriture, de boissons et de toutes sortes d'ustensiles. Deux des tentes abritaient des chaises de jardin sur lesquelles des femmes étaient assises avec un bébé dans les bras. Des petits enfants accroupis grignotaient du raisin en nous regardant descendre.

– Ça va ? nous a demandé une femme. Vous avez besoin d'aide ?

– Merci, ça va, j'ai répondu, souriant comme si de rien n'était.

– Vous n'avez pas faim ? Il y a plein de bonnes choses. Personne n'a d'électricité, alors il vaut mieux manger ce qu'il y a avant que ça pourrisse.

J'ai croisé le regard de Kolby, et sans un mot, nous nous sommes dirigés vers les tables. J'ai pris une banane, et lui un sandwich qu'il a mordu à pleines dents en fermant les yeux.

– Tu es blessé ? l'a interrogé une femme en s'approchant.

– C'est rien, merci.

– Non, non, il s'est vraiment coupé, ai-je corrigé.

La femme a fouillé dans son kit de soins avant de disparaître chez elle : nous en avons profité pour nous jeter sur les crackers et le fromage. Peu après elle est revenue avec un rouleau de gaze et du sparadrap.

– La gaze ne date pas d'hier mais ça vaut mieux que rien.

Kolby s'est assis sur une chaise avant de retirer son bandana. Je n'ai pas pu m'empêcher de faire la grimace en voyant sa plaie, et la peau rouge et enflée sur les côtés.

– Il va falloir nettoyer tout ça, a dit la femme. Comment tu t'es coupé?

– Sur du verre.

– C'est mieux que du métal rouillé, mais il faudra te faire faire une piqûre contre le tétanos, quoique je ne sache pas très bien où. À mon avis la clinique Elizabeth a été épargnée, mais elle doit être prise d'assaut. Et plus personne n'a d'électricité.

– Oh, ça va aller, a répondu Kolby alors que j'enroulais la gaze autour de son bras. Vous savez jusqu'où la tornade a été?

– Mon mari a pris la voiture pour aller voir ce matin. À une quinzaine de kilomètres environ. Elle a frappé plusieurs écoles, la bibliothèque, l'hôpital, le commissariat de police, la caserne de pompiers. Tout. Vous avez besoin qu'on vous dépose quelque part, tous les deux? Je suis sûre que Jerry pourrait vous accompagner.

– Je voudrais aller au studio de danse Janice. C'est là qu'était ma mère. Elle n'est pas encore rentrée et j'aimerais bien la retrouver.

Le visage de la femme a pâli.

– Sur la Sixième Rue?

J'ai fait oui de la tête.

– Ma chérie, mon mari ne pourra jamais t'emmener là-bas. La Sixième a été dévastée.

– Bon, tant pis, on ira à pied.

Elle a esquissé un sourire un peu forcé avant d'ajouter :

– J'ai entendu dire qu'ils montent des tentes devant différentes églises.

Elle a baissé la voix en regardant Kolby, ignorant ma présence, avant d'ajouter :

– Ils vont commencer à faire des listes. Il y a une église luthérienne au coin de la rue, sur Munsee Avenue.

Kolby m'a prise par le coude en se levant pour qu'on s'éloigne.

– Quel genre de listes ? ai-je tout de suite demandé.

– Des personnes portées disparues. Tu sais que...

– Que... quoi ?

Il s'est arrêté en me pressant le coude. Oubliant d'être mal à l'aise qu'un garçon me touche, je l'ai imploré du regard pour qu'il me réponde.

– On s'en fout, allons au studio de danse, c'est plus important que leurs histoires de listes. Qu'est-ce qui prouve que cette femme disait la vérité ?

Arrivés sur la Sixième Rue, nous avons tourné pour revenir dans la zone dévastée. C'était une partie de la ville que je connaissais comme ma poche, mais plus nous allions vers le nord, moins je retrouvais mes repères. La femme avait raison : la Sixième Rue était méconnaissable, la plupart des bâtiments étaient détruits jusqu'aux fondations. Il ne restait plus un seul mur porteur. Plus de panneaux, plus de plaques de rue, plus la moindre indication. À part une poignée de gens en train de creuser là où se trouvait le supermarché Fenderman, le site était désert.

– C'est là qu'était le studio, je crois, ai-je murmuré en m'arrêtant devant un immense rectangle de béton.

Le rectangle était cerné de boue car même l'herbe avait été arrachée. On aurait dit que la tornade avait creusé la terre avec des doigts crochus pour déraciner le studio.

Kolby est entré dans le rectangle et a ramassé... une minuscule chaussure, trop petite pour appartenir à Marine.

– Elles ne sont pas là, ai-je murmuré, les larmes aux yeux.

Il a lâché la chaussure. J'ai essayé de repérer l'endroit où devait se trouver le vestiaire, mais je n'étais pas venue depuis un moment et je n'arrivais pas à m'orienter. J'ai trébuché à l'extrémité du rectangle, là où devaient se trouver les murs porteurs, réduits à un tas de planches brisées jaillissant du sol. Deux sacs de gymnastique vides accrochés à un morceau de patère traînaient, mais à part cela, il n'y avait rien.

– Elles ne sont pas là.

– Je sais, oui. Je suis désolé pour toi.

Je me suis écroulée par terre. Quand je pense que c'est là qu'était maman quand je l'appelais la veille, là qu'elle hurlait aux petites filles de descendre au sous-sol et à moi d'aller à la cave, sans même m'entendre... J'ai appuyé les mains dans le sol et j'ai vu apparaître deux empreintes dans la terre presque sèche.

– Je ne sais plus quoi faire...

Kolby a gratté avec le pied pour retirer des bris de verre avant de s'approcher pour me répondre :

– Moi non plus.

– Tu crois qu'elles sont mortes ? Qu'ils sont tous les trois morts ?

Il s'est agenouillé à côté de moi. Il n'a pas cherché à me contredire, sans doute parce qu'il savait que ce serait aussi affreux. Oui, elles étaient peut-être mortes, ou blessées, ou Dieu sait où. Répondre le contraire aurait été un pur mensonge, et nous le savions parfaitement. Si elles étaient saines et sauves, elles seraient venues me chercher. Maman se serait débrouillée pour me retrouver.

La nourriture que j'avais avalée trop vite s'est rappelée à moi. Je me suis éloignée et je me suis penchée pour vomir. J'ai entendu Kolby se lever discrètement.

– Excuse-moi, murmurai-je entre deux hoquets. Je suis désolée.

– Pas de problème.

Il m'a tapoté l'épaule avec maladresse en ajoutant :

– Viens, on va voir à l'église. Peut-être qu'ils peuvent nous renseigner.

La femme avait raison, ils avaient monté une tente pleine de provisions près de l'église luthérienne. À peine arrivé, Kolby a pris deux bouteilles d'eau dans un seau à glace et m'en a donné une. Je l'ai lentement sirotée tandis qu'il buvait la sienne d'un trait. La tente était pleine de gens qui avaient l'air aussi perdus et sans abri que nous.

– Je peux vous aider? nous a demandé une femme qui portait des sandales, un gilet brun et un chapeau de safari.

– Vous avez des listes? ai-je bredouillé.

Je préférais le lui demander tout de suite plutôt que de repousser l'échéance.

– Quel genre de listes tu recherches, ma chérie?

Elle m'a accompagnée jusqu'à une chaise pliante sur laquelle elle m'a aidée à m'asseoir.

– Je cherche ma petite sœur et ma mère. Elles étaient bien au studio de danse Janice, non?

J'avais fini par une question, comme si j'espérais qu'elle me répondrait que non, Marine et maman n'y avaient jamais été, on les avait mises à l'abri dans sa cave.

Le visage de la femme s'est assombri, mais elle s'est tout de suite reprise avant de tirer un panneau posé sur le côté.

– Tu veux ajouter leur nom à la liste des personnes portées disparues ?

– Vous n'avez pas une... une autre liste ? Des gens qui n'auraient pas réussi à rentrer chez eux ?

– C'est trop tôt. J'ai peur qu'on ne soit pas à jour pour ces personnes. L'électricité a sauté dans toute la ville et les communications sont difficiles. Mais on est train d'établir une liste des personnes portées disparues pour que ceux qui n'arrivent pas à joindre leurs familles sachent au moins que quelqu'un les recherche.

– Tu as vu leurs noms ? m'a demandé Kolby en indiquant la liste. Et Jersey Cameron ? Peut-être qu'elles te cherchent, elles aussi.

La femme a parcouru la liste avec un doigt avant de lever les yeux d'un air contrit.

– Non, ma chérie, je suis désolée, tu n'y es pas, mais je vais ajouter le nom de ta maman et de ta sœur...

– Et de mon beau-père.

– Très bien, je vais inscrire leur nom, comme ça, quand ils t'auront repérée et viendront demander de tes nouvelles, ils seront rassurés.

Je lui ai donné les trois noms, en larmes, articulant à peine.

– Dis-moi, ma chérie, tu as un toit ? Quelqu'un sur qui tu peux compter ? On a commencé à installer des lits de camp dans les travées et dans la crypte de l'église. Si tu en as besoin, on peut t'aider à prendre contact avec ta famille hors d'Elizabeth, ou avec le Centre de protection de l'enfance.

J'étais paralysée par l'angoisse. Je n'avais aucune envie de dormir sur un lit de camp dans le sous-sol d'une église en attendant qu'une assistante sociale m'envoie dans une famille d'accueil. Mais que faire ? En tout cas, pas ça. J'ai jeté un œil sur Kolby : il était avec une femme qui nettoyait sa blessure avec de l'eau oxygénée après avoir retiré son pansement.

– Je loge avec sa famille jusqu'à ce qu'on retrouve la mienne, ai-je répondu en essayant de sourire.

Kolby m'avait dit qu'ils allaient habiter chez sa tante. Ni lui ni sa mère ne pourraient donc s'occuper de moi. D'ailleurs ils ne me l'avaient pas proposé, et de toute façon, j'aurais refusé. Mais qu'est-ce qui se passerait si maman revenait et ne me trouvait pas ?

– Très bien, m'a répondu la femme. Mais sache que notre porte est toujours ouverte. Des gens nous ont apporté des dons toute la matinée, si tu veux, tu peux aller fouiller dans les cartons pour prendre des vêtements et deux ou trois affaires. Et tu es libre de venir manger et boire. On devrait recevoir de nouveaux dons d'ici à demain.

– Merci beaucoup.

Je n'ai rien pris. J'étais trop angoissée, et les vêtements étaient le cadet de mes soucis. En plus il restait des bouteilles d'eau dans le réfrigérateur de la cave et j'avais intérêt à partir avant de me retrouver coincée ici.

À côté, Kolby se faisait passer de la pommade sur le bras en écoutant la femme lui expliquer la même chose sur les lits de camp, les vêtements et la nourriture.

– Tu veux rester ? m'a-t-il demandé peu après.

– Non, je rentre. Je ne veux pas que maman panique si elle revient et ne me voit pas.

Mes paroles sonnaient faux, car je n'étais même pas sûre de croire à ce que je disais.

Heureusement, Kolby savait que j'avais besoin de le formuler tout haut, et sans commentaire, il m'a entraînée en direction de notre quartier.

Le mari de la première femme qui s'était occupée de Kolby nous a vus et nous a proposé de nous raccompagner en voiture. La radio était allumée. On annonçait une centaine de morts au moins et plusieurs centaines de blessés.

Kolby ponctuait ces nouvelles de petits grognements pensifs. Quant à moi, je ne disais pas un mot. Je regardais le paysage désolé qui défilait derrière la vitre en me demandant si parmi la centaine de morts annoncées il y avait les trois personnes qui m'étaient le plus chères au monde.

Et quand j'aurais une réponse certaine.

8

Ce soir-là il a encore plu.

J'étais assise sur le perron de la maison et je regardais la pluie tomber. Je la laissais courir sur ma peau, dégouliner le long de mes oreilles. J'ai même enlevé les boots de Ronnie en remuant les doigts de pied pour avoir la sensation d'être entièrement lavée.

La mère de Kolby n'était pas loin et insistait pour que je les rejoigne dans la cave de Mrs Donnelly.

– Ma chérie, viens, ta maman te retrouvera sûrement ici avec nous. Tu pourrais lui laisser un mot.

Les gouttes de pluie atterrissaient sur le bout des boots de Ronnie, retentissant comme de petites explosions, faisant peu à peu disparaître la boue et la poussière qui s'y étaient accumulées.

– Mon bébé, il faut que tu fasses attention à toi. Ce n'est pas le moment de tomber malade. Viens dans la cave avec nous pour te sécher et grignoter quelque chose. On a des légumes en boîte et des pêches. Et Mr Fay nous a donné des crackers.

Je hochai la tête...

– Allez, viens, bientôt il n'y aura plus personne dehors. Il faut que tu sois à l'abri quelque part. C'est dangereux.

J'ai senti une goutte glisser sur l'arête de mon nez. La mère de Kolby a récité une prière que j'étais trop assommée pour écouter, puis elle s'est éloignée avec ses grosses hanches qui tremblaient.

J'observais la pluie. J'observais les gens qui allaient se réfugier dans les caves et les voitures pour la nuit. Plusieurs voisins étaient déjà installés dans les motels des environs. Kolby devait partir à Milton dès le lendemain matin. Bientôt il ne resterait plus que moi. Si maman ne réapparaissait pas, je n'aurais plus le choix. Quelqu'un débarquerait et m'emmènerait de force dans l'église, au Centre de protection de l'enfance ou dans un foyer. Mais d'ici là, je résisterais. Hors de question de sacrifier ma liberté. C'est moi qui choisissais le lieu où je dormais et ce que je mangeais, parce que c'est tout ce qu'il me restait, et sans doute pas pour très longtemps.

Le tonnerre s'est mis à gronder et j'ai commencé à avoir la chair de poule. Non, je ne voulais pas rentrer. Je ne voulais pas avoir peur. Je voulais être celle que j'avais toujours été – une fille qui se fichait du temps, qui sortait danser sous la pluie quand elle en avait envie, qui rinçait ses pieds nus sous la gouttière pour les débarrasser de l'herbe. Une fille dont la mère se tenait sur le perron, un verre à la main, souriant en la regardant accueillir le ciel en pleurs jusqu'à ce que sa chemise et son short ruissellent d'eau et forment comme une seconde peau.

Mais j'étais là, tremblant, le cœur palpitant, jetant un regard angoissé sur le ciel en essayant de me rappeler à quoi il ressemblait avant la tornade. Si seulement j'avais pris les alertes au sérieux...

Le tonnerre a retenti et j'ai sursauté. J'ai filé dans la cave avec les boots de Ronnie à la main. Vite, mon abri, mon billard, ma couverture...

Je me suis glissée sous la table en m'enroulant dans une des serviettes, les genoux serrés contre la poitrine. Mais qu'est-ce que j'allais devenir ? Les provisions du réfrigérateur s'épuisaient, de même que les bouteilles d'eau. J'étais sale. Le sol du salon pouvait s'écrouler et m'écraser à tout moment. La pluie commençait à filtrer à travers le plafond. Bientôt je serais obligée de partir, je n'aurais plus le choix.

Je rêvais d'une chose : une télé. Ou une radio. N'importe quoi pourvu que le silence soit rompu, que le crépitement de la pluie soit couvert, que cesse cet étrange écho qui résonnait dans la maison vide. Je rêvais de voix, de rires, de chants, tout ce qui briserait cette impression de mort et me rappellerait que j'étais en vie.

Qu'est-ce que je n'aurais pas fait pour entendre les piaillements de Marine me suppliant de danser ! Avec elle, la vie n'était jamais silencieuse. Sans elle, elle était si calme que je devenais folle.

J'ai ouvert son sac, j'ai pris le rouge à lèvres de maman, et j'ai fermé les yeux en respirant son parfum pour qu'il se diffuse en moi. Maman...

– S'il te plaît, maman, dis-moi que tu es quelque part. Vivante. Reviens...

J'ai remis le rouge à lèvres dans le sac et pris un chewing-gum. Le tonnerre a brusquement grondé et j'ai frémi en pensant à Marine. Elle avait une peur bleue des orages, et chaque fois, elle sautillait sur la pointe des pieds, les mains plaquées sur les oreilles avec ses grands yeux humides et inquiets en me demandant : « C'est fini ? Hein ? Jersey ? Il est fini, l'orage ? »

Un jour, quelques semaines plus tôt, maman était partie faire des courses et je n'en pouvais plus. Marine avait éclaté en sanglots et gémissait avec une voix de plus en plus ténue : « C'est fini, Jersey ? Il y a plus de tonnerre ? » Elle était en mode Débâcle. Il fallait à tout prix que je trouve un moyen de la distraire.

À la fin du CM2, j'étais allée dans une colonie de vacances où j'avais découvert que j'avais un don pour les cartes. J'avais un moniteur nommé Jon – « sans *h* », répétait-il sans cesse, à tel point qu'on le surnommait « Sanshache » – qui avait passé quatre semaines à m'apprendre de nouveaux jeux en essayant de me battre, en vain. Il n'y arrivait pas. Personne n'y arrivait. J'imagine que chacun a un talent ou un don naturel. Dans mon cas, puisque ce n'était ni la musique, ni le sport, ni le théâtre, ni la chimie, aucune matière sérieuse, les cartes, ce n'était finalement pas si mal. Ce jour-là, j'avais décidé que Marine était assez grande pour apprendre à jouer.

– Y a plus de tonnerre, Jersey ? C'est fini ?

– Viens, Marine.

J'ai pris le jeu que Sanshache m'avait offert à la fin de la colonie pour lui apprendre à jouer au bésigue, et elle m'a suivie dans ma chambre en retirant prudemment ses mains des oreilles. Je me suis assise en tailleur sur mon lit en commençant à battre les cartes.

– Bon, tu te rappelles que dans les films, les princes

finissent toujours par se marier avec des princesses. Alors, ce jeu, c'est pareil. Il faut que les rois et les reines se marient.

La tempête faisait rage, mais nous avons réussi à faire une partie de bésigue, puis je lui ai expliqué les règles du solitaire en lui précisant que le mot venait justement de ce qu'on y jouait seul. Elle m'a répondu qu'on pouvait jouer notre version à deux, et je l'ai baptisée le Double Solitaire. Le vent soufflait de plus belle mais elle n'y faisait plus attention, pas plus qu'à l'averse de grêle qui venait de s'abattre. Elle avait même oublié le tonnerre, jetant à peine un ou deux regards inquiets vers le ciel avec ses cartes dans ses deux petites mains potelées.

C'était facile, avec Marine. Il suffisait de passer du temps avec elle et de lui consacrer un peu d'attention. Je pouvais illuminer sa journée en lui disant simplement bonjour. Je lui aurais fait tellement plaisir si je m'étais levée du canapé pour danser avec elle !

J'ai allumé la torche pour aplatir mon papier de chewing-gum et j'ai dessiné une petite silhouette avec les mains sur les oreilles, devant une fenêtre fouettée par des rafales de pluie.

« Marine déteste les tempêtes », ai-je écrit en légende.

Puis j'ai tracé une ligne verticale au milieu et dessiné une main tenant des cartes à jouer. J'ai colorié les ongles parce que Marine portait toujours du vernis à ongles.

« Marine aime parfois les tempêtes », ai-je ajouté.

Enfin, j'ai plié le dessin pour le ranger avec l'autre dans la pochette intérieure de son sac.

Le tonnerre a grondé et un violent éclair a illuminé la cave ; j'ai frissonné.

J'ai pris le jeu que j'avais trouvé avec les serviettes dans le tiroir en me demandant si celui que m'avait offert Sanshache était enterré sous les gravats ou s'il avait été projeté dans les airs. J'ai compté le nombre de cartes en retirant les jokers, et une fois certaine que le jeu était complet, je les ai battues avant de les disposer en rangée.

C'est pour toi, Marine. Et pour le Double Solitaire.

J'ai fait une série de parties, peu importe si je perdais ou gagnais. Parfois je m'obligeais même à tricher pour ne pas avoir à redistribuer les cartes. Je m'en fichais. J'ai joué jusqu'à ce que j'aie mal aux yeux et que le rayon de la torche commence à faiblir.

Je me demandais ce que me réservait la journée du lendemain. Kolby serait parti. Mon portable ne passerait toujours pas, même s'il était encore chargé. J'aurais faim, j'aurais soif, je serais encore plus crasseuse. J'irais creuser pour retrouver quelques affaires, deux ou trois babioles. J'attendrais le retour de maman...

La tempête persistait et la pluie martelait le sol, comme si le vent la rapprochait de la cave. J'avais l'impression que les éclairs étaient à deux pas... Je me suis glissée sous ma couverture avant de m'étendre sur les coussins et j'ai sombré dans le sommeil en oubliant mes soucis.

En rêvant d'un miracle.

9

– Seigneur !

Le cri m'a réveillée. J'ai ouvert les yeux, je ne savais plus où j'étais. J'étais en train de rêver du lycée : je déjeunais avec Dani et Jane, mais personne ne trouvait de nourriture et tout le monde mourait de soif.

– Jersey ?

J'ai cru que c'était Kolby qui était venu me dire au revoir. Mais la voix était plus âgée, plus grave.

– Ronnie ?

Je me suis assise en laissant tomber ma couverture. Il ne pleuvait plus, mais il faisait encore gris et je ne savais pas si c'était à cause de l'heure ou des nuages.

– Seigneur ! Nom de Dieu !

Je me suis précipitée sur Ronnie en l'enlaçant par la taille, ce que je n'avais jamais osé faire. Marine, elle, sautait très souvent dans les bras de son père, mais j'avais toujours senti une barrière entre lui et moi. Le prendre dans mes bras me paraissait déplacé parce que Ronnie n'était pas mon père.

Mais ce jour-là, j'avais besoin de me sentir protégée, de me prouver qu'il était bien là, qu'il n'était pas un mirage né de mon imagination. Non, la tornade ne l'avait pas emporté.

J'étais tellement soulagée que j'ai éclaté en sanglots. Il a posé les deux mains sur mes omoplates en émettant des petits chuchotements comme avec Marine quand elle pleurnichait, mais au bout d'un moment j'ai compris qu'il pleurait.

J'ai fini par me dégager et il s'est détourné pour regarder la cave en reniflant.

– Foutu, a-t-il lâché. Tout est foutu.

– Tu étais où ?

J'avais tant de questions à lui poser que je ne savais plus par laquelle commencer. Tu as des nouvelles de maman ? Ton téléphone marche ? Où sont-elles ? Qu'est-ce qu'on va faire ?

– Putain, il n'y a plus rien ! s'est-il exclamé en écrasant des morceaux de vaisselle cassée sous ses talons. Que dalle !

– Ronnie ? Tu as des nouvelles de maman ?

Il s'est tourné vers moi et j'ai vu dans quel état il était, sans doute aussi pitoyable que le mien : les vêtements déchirés, une barbe de trois jours et les cheveux gras. Il avait le visage rouge, le nez qui coulait, et les yeux injectés de sang à cause du manque de sommeil. Ou parce qu'il avait trop pleuré.

– Non, a-t-il fini par répondre en me dévisageant comme si j'étais une étrangère.

– Non, tu n'as pas de nouvelles d'elle, ou non, elle ne va pas bien ? ai-je insisté.

– Mon Dieu ! Quand je pense que tu es restée seule ici pendant tout ce temps-là !

– Ça va. Je suis allée au studio Janice avec Kolby.

J'avais du mal à le reconnaître. Le Ronnie que je connaissais était un homme solide, calme, posé. Celui que j'avais face à moi était tout le contraire, lessivé, fébrile, au bord de la crise de nerfs.

– Tu as fait le tour pour voir s'il y a des trucs qui peuvent être récupérés ?

– Un peu, pas grand-chose. Mais je n'ai pas été de l'autre côté de la maison, là où il y a les chambres.

Je n'ai pas mentionné le sac de Marine car il aurait trouvé ça dérisoire.

– Je ne peux pas... C'est trop... Tu tiens à quelque chose en particulier ? Des vêtements, je ne sais pas ?

Sa question m'a rappelé l'odeur nauséabonde qui se dégageait la veille à cause du soleil. Je ne pensais pas retrouver grand-chose, mais je l'ai quand même suivi du côté des chambres. À ma grande surprise, deux cloisons avaient résisté, l'une dans la chambre de Marine, l'autre dans la mienne. Mais les murs extérieurs avaient disparu et toutes nos affaires, arrachées et broyées, avaient voltigé.

J'ai escaladé la pile de décombres pour entrer dans ma chambre pendant qu'il contournait la cloison intérieure pour aller dans la sienne. Peu après je l'ai entendu hurler et donner des coups de pied, sans doute pour dégager des gravats avant de ramasser tel ou tel objet.

De mon côté, j'ai fini par retrouver deux CD, des vêtements que j'avais rangés au fond de ma commode et – Dieu merci – mon chargeur. J'ai même retrouvé des vieux rubans qui dataient de compétitions du primaire, mais je n'avais pas envie de les garder. Il y avait peu de choses auxquelles j'étais vraiment attachée, surtout après ce qui venait d'arriver.

Soudain j'ai repéré un objet qui brillait au pied de mon

étagère, un petit chat en porcelaine noir et blanc, avec de grands yeux bleus et un chiffre 6 peint sur la poitrine. Curieusement, il était intact. J'avais seize chats en tout, un pour chaque anniversaire. Chaque année ils arrivaient par la poste dans une enveloppe matelassée deux ou trois jours avant le jour J, pliés dans les pages BD de journaux, mais sans adresse d'expéditeur.

Et chaque année maman faisait la moue. Jusqu'au jour où j'ai compris que c'était un cadeau de mon père, une façon d'exprimer sa culpabilité, de me dire qu'il ne m'avait pas complètement abandonnée.

Je les adorais, ces petits chats en porcelaine, car ils étaient la preuve que mon père pensait à moi, un message secret signifiant qu'il ne voulait pas couper les ponts. Qu'il avait abandonné maman, mais pas moi. C'était le seul lien que j'avais avec la moitié de moi-même.

– Moi aussi, je veux un chat ! avait hurlé Marine le jour où j'avais reçu le dernier. Mais je veux un vrai chat, gris et blanc avec des yeux bleus. S'il te plaît, maman, je pourrais avoir un chat ?

Maman avait levé les yeux au ciel, épuisée par Marine qui n'arrêtait pas de réclamer un chat depuis deux mois, et lui avait fait la même réponse systématique :

– Ronnie est allergique aux chats, ma chérie, on ne peut pas. En plus il vomirait partout dans la maison. Et qui va nettoyer les poils et la litière ? Pas moi, et sûrement pas vous, les filles.

Je comprenais que Marine ait envie d'un chat. J'en avais une collection entière.

J'ai mis de côté celui que j'avais sauvé avec les CD, et j'ai redressé l'étagère en espérant en retrouver d'autres. Peine perdue, tout ce que j'ai retrouvé, c'étaient des bouts de porcelaine et des tessons brillants. Seul le numéro six avait survécu.

Ronnie continuait à s'agiter à côté, mais j'en avais assez, j'avais suffisamment fouillé. J'avais soif, j'étais fatiguée, j'avais envie de partir. Tout à coup, j'ai trébuché contre une basket ; je me suis aussitôt lancée dans une recherche frénétique de la seconde. Elle était là, à quelques mètres de moi, sous une étagère en plastique qui venait des toilettes de l'entrée. J'ai serré mes deux chaussures contre ma poitrine en espérant qu'elles sèchent le plus vite possible pour me débarrasser des boots de Ronnie, puis j'ai pris mes vêtements et mon chargeur, et j'ai glissé mon chaton dans ma poche avant d'aller rejoindre mon beau-père.

– Je suis prête. Je n'ai pas trouvé grand-chose...

Il était là, à genoux à côté du lit, le visage enfoui dans le matelas et le corps secoué par les sanglots. J'ai avancé pour voir ce qu'il agrippait – une photo encadrée de maman et lui le jour de leur mariage.

– Ronnie ?

Soudain j'ai compris. J'ai compris qu'un seul miracle avait eu lieu – ce matin, quand j'avais été réveillée par un « Seigneur ! ».

Maman et Marine étaient parties à jamais.

10

Le jour de la tornade, Ronnie avait été retenu au travail par une cliente en colère qui refusait de partir avant d'avoir dit ce qu'elle avait à dire, peu importe la couleur du ciel. En temps normal, ce n'est pas le genre d'incident qui le dérangeait. Quand on dirige une immense droguerie sous franchise, on finit rarement pile à l'heure. Il faut supporter les gens de mauvaise humeur, les types qui tardent à rapporter le matériel loué, les clientes indécises qui entrent cinq minutes avant la fermeture et s'extasient devant les présentoirs de cartes.

Mais ce soir-là, le ciel était menaçant et Ronnie avait hâte que cette femme en colère s'en aille. La tempête approchait, la radio ne cessait de rappeler que le risque de tornade était élevé.

Ronnie était comme tout le monde à Elizabeth, il s'inquiétait rarement quand on annonçait une tempête. Sauf ce jour-là. La tension était différente. Il était nerveux et il voulait absolument rentrer pour nous retrouver avant que la météo ne se déchaîne.

Hélas, il avait été retardé et le temps qu'il arrive sur l'autoroute, c'était trop tard.

– Je l'ai compris dès que j'ai pris la route, m'a-t-il confié alors que nous étions assis dans la pénombre d'une chambre de motel.

Ni lui ni moi n'avions pris la peine d'allumer. Nous avions peur de nous voir, peur que notre douleur soit contagieuse si elle s'affichait sur notre visage.

– J'ai déjà vu des tornades, a-t-il poursuivi, mais jamais comme celle-là. Elle était gigantesque, tellement violente qu'elle provoquait des minitornades au centre d'elle-même. On aurait dit qu'elle emportait la planète entière.

Elle l'avait emportée. Elle avait emporté toute ma planète à moi.

J'étais assise sur mon lit, les yeux fixés sur le papier peint sans savoir s'il représentait des ananas ou des diamants, et je l'écoutais.

– J'ai foncé, crois-moi. Puis tout à coup la tornade a viré vers moi et j'ai été obligé d'arrêter ma camionnette. Tout le monde laissait son véhicule au milieu de l'autoroute pour courir s'abriter sous la rocade. C'est ce que j'ai fait, du reste. Il ne nous a pas frappés directement mais je l'ai entendu. Le vent, je veux dire. Il faisait un boucan infernal. Et il avait... je ne sais pas... une odeur. Une odeur de... d'électricité.

Je me suis revue, blottie sous la table de billard alors que le vent rugissait, tel un monstre ou une créature vivante.

– Je n'arrête pas de penser à ta mère et à Marine. Elles ont dû avoir une de ces trouilles...

Il a éclaté en sanglots, comme ça lui arrivait régulièrement depuis que je l'avais trouvé agenouillé dans sa chambre.

Les secouristes les avaient découvertes la veille, pas très loin de l'endroit où j'étais allée avec Kolby. Apparemment, Janice, qui savait que le studio avait trop de fenêtres et surtout, pas de cave, avait envoyé tout le monde se réfugier chez Fenderman, au supermarché.

Mais trop tard.

Il n'y avait eu que quatre rescapées : Janice, et trois mères qui étaient sorties en rampant et en criant à l'aide. Janice était dans le coma. Aucune des fillettes n'avait survécu. Aucune.

Toujours d'après Ronnie, les secouristes avaient foncé chez Fenderman en fendant le rideau de pluie jusqu'au moment où la dernière sirène d'urgence – à l'autre bout de la ville, trop loin pour qu'on ait pu l'entendre – avait lancé un nouvel avertissement, et ils avaient été obligés de se mettre à l'abri. Le lendemain matin, après le lever du soleil, et quelques heures avant que j'aille jusqu'à la Sixième Rue avec Kolby, une foule de bénévoles, dont mon beau-père, s'étaient précipités chez Fenderman. Ils avaient découvert onze employés sains et saufs, réfugiés au fond d'un rayonnage. Et dans les allées entre les rayonnages, il y avait les autres. Dont maman et Marine, enfouies sous une étagère de boîtes de conserve.

Marine avait les mains sur les oreilles, m'a avoué Ronnie. Et maman était allongée au-dessus d'elle pour la protéger.

Quand je pense au nombre de fois où j'avais dit à Marine qu'il ne fallait pas avoir peur des tempêtes. Que c'était juste du bruit, que du moment qu'elle était à l'abri, elle n'avait rien à craindre.

Avait-elle pensé à ce que je lui disais pour la rassurer ? Ou était-elle morte en pensant que je lui avais menti ?

C'est pas dangereux ce bruit, Jersey ? C'est fini ?

Oui, Marine, ne t'inquiète pas, c'est le tonnerre.

Viens danser avec moi le swing de la côte Est, Jersey ! On vient de l'apprendre, c'est rigolo !

Non ! Laisse-moi ! Tu m'empêches de voir la télé.

J'ai peur du bruit...

Oh, écoute, arrête !

Trois mères s'en étaient sorties, mais pas la mienne... Je n'arrivais pas à croire que la tempête qui avait épargné mon petit chat de porcelaine avait détruit maman, ma maman adorée, chérie...

– Elles sont où ? ai-je demandé à Ronnie en fermant les yeux.

Le papier peint s'était imprimé sur ma rétine et je voyais voleter des taches violettes sur un fond noir.

– J'ai voulu aller à la morgue de l'hôpital mais c'était la pagaille. Il y avait des gens dans tous les sens. Beaucoup de personnes sont portées disparues. Du coup je suis rentré, mais tu n'étais pas là. J'ai cru que tu étais avec ta mère et Marine au cours de danse. Je suis retourné chez Fenderman pour voir si tu y étais.

– Moi aussi, je suis partie à leur recherche.

J'ai senti une grosse larme couler le long de ma joue. Mille images me revenaient en mémoire. Des images de maman et moi, complices, et de tous les moments joyeux que nous avions passés ensemble, où j'avais l'impression d'être aimée, heureuse, unique à ses yeux. Des images de Marine, irrésistible, innocente, alors que je lui en voulais de faire le bébé, même si c'était de son âge. Elle m'admirait et ne demandait qu'une chose, que je l'accepte telle qu'elle était, que je lui répète qu'elle était « sympa », « cool ». Que je l'admire, moi aussi.

Je n'avais pas pu leur dire au revoir et je m'en voulais. Je me demandais si elles savaient que je les aimais, si je leur avais dit assez de paroles gentilles, si j'avais fait assez de gestes pour effacer les mots blessants. Car je n'aurais pas de retour possible, ni de nouvelles occasions pour exprimer mes sentiments.

J'ai fini par m'endormir, et même si les sanglots de Ronnie qui dormait dans un lit à côté m'ont réveillée plusieurs fois, j'ai passé une meilleure nuit que les deux précédentes. J'avais pris une douche, je m'étais changée, j'avais été aux toilettes et j'avais mangé un vrai hamburger. J'avais l'impression de ne pas avoir dormi dans un lit depuis une éternité.

Le lendemain matin au réveil, je me suis tout de suite souvenue des événements. Je n'ai pas eu ces quelques minutes d'hésitation bénie où tout était oublié. La tornade s'est aussitôt rappelée à moi. C'était la troisième journée que je passais dans le motel. Ronnie était sorti et m'avait laissé une boîte de beignets avec un mot pour me dire qu'il était allé voir la maison et comptait passer à l'hôpital.

Je regrettais qu'il ne m'ait pas proposé de l'accompagner ; en même temps je n'avais aucune envie de retourner à la maison. J'y avais trop de souvenirs. Trop de souvenirs d'instants perdus pour toujours. Plus jamais je n'entendrais maman chantonner avec la radio en faisant la vaisselle. Plus jamais je n'entendrais Marine éclater de rire à cause d'une blague idiote dans un de ses dessins animés préférés. Plus jamais je ne mettrais les serviettes dans la machine, ne préparerais des steaks hachés dans la poêle pour que le dîner soit prêt à leur retour. Fini, complètement fini. Je n'avais pas envie d'essayer de faire revivre ces instants perdus.

Mais l'hôpital ? Pourquoi ne m'en avait-il pas parlé ? Les médecins m'autoriseraient-ils à voir Marine et maman ? Est-ce que je le supporterais ? J'avais besoin de les voir, même si l'idée d'avoir à identifier leurs corps me terrorisait.

J'ai vérifié que mon portable était rechargé et j'ai envoyé un SMS à Kolby.

T bien arrivé à Milton ?

Oui. T où ? En sécurité ?

Dans un motel à Prairie Valley avec Ronnie.

Et ta mère ?

J'ai serré mon portable contre ma poitrine. Comment lui dire la vérité ? Je m'en suis tenue à deux mots : *Nulle part.*

Un long silence a suivi avant que mon téléphone vibre.

Mon Dieu. Je suis désolé.

Merci, moi aussi.

Qu'est-ce que tu vas faire ?

Cette fois-ci c'est moi qui ai hésité. Je n'arrivais pas à m'imaginer vivant seule avec Ronnie. Le face-à-face était trop silencieux, déprimant, impossible. *Sais pas,* j'ai répondu.

Tiens-moi au courant OK ? Dis-moi si t'as besoin d'aide.

OK.

La tornade m'avait tout enlevé ou presque, mais heureusement pas lui, Kolby. J'avais au moins un ami d'enfance sur qui je pouvais compter.

Ce jour-là, Ronnie est rentré tard, à la nuit tombée, alors que j'avais passé la journée au lit, alternant entre des images de la tornade à la télé et des petits sommes où je rêvais de mes amies en sang, défaites, se demandant pourquoi je n'étais pas morte avec elles.

Le trajet de la tornade était très facile à repérer sur les

photos aériennes. Il s'étendait sur près de quinze kilomètres en longueur et deux en largeur. La partie la plus touchée était le centre de la ville, là où se trouvait Fenderman, le studio de danse et Mace Tools. Les estimations parlaient de cent vingt morts, et de nombreux disparus. Plus les minutes passaient, plus les chiffres augmentaient. Si les personnes prises au piège ou bloquées ne succombaient pas à leurs blessures, elles pouvaient mourir de déshydratation.

De nouveaux survivants ne cessaient d'apparaître pour raconter ce qu'ils avaient vécu devant les caméras. Certains avaient l'air traumatisés. D'autres semblaient prendre les choses à la légère. C'était plus fort que moi, je ne pouvais m'empêcher de scruter la foule derrière les personnes interrogées pour essayer de voir maman ou ma petite sœur. Une partie de moi voulait croire qu'elles avaient survécu. Que Ronnie, en état de choc, s'était trompé. Peut-être qu'ils avaient trouvé deux personnes qui leur ressemblaient. Deux doubles. Ça arrivait souvent.

Je cherchais aussi à identifier Dani, ou Jane, surtout au moment où les infos ont montré des images du lycée littéralement sectionné en deux. La tornade avait frappé pile au centre du complexe sportif, expliquaient les météorologues. Les gens avaient commencé à déposer des fleurs, des ours en peluche et des mots sur la pelouse. Mais personne ne parlait des élèves ni des personnes manquantes ou mortes.

Seigneur, et si Dani et Jane avaient disparu ?

J'ai essayé de me changer les idées en passant à la rediffusion d'une vieille sitcom, mais quelques secondes plus tard, je repensais à la tragédie et je suis revenue aux infos.

Ronnie a fini par rentrer, fonçant droit dans la salle de bains.

– Tu les as vues ?

Il n'a pas répondu. Peu après j'ai entendu le bruit de la douche.

– Tu les as vues ?

J'ai reposé la question au moment où il sortait de la salle de bains avec un nouveau caleçon. Il s'est écroulé sur son lit et deux secondes plus tard, il ronflait.

Fallait-il que j'éteigne la télé ? J'avais fini les beignets qu'il m'avait apportés pour le petit déjeuner et je commençais à avoir faim.

– Ronnie ?

Il était épuisé. Physiquement et nerveusement. Je le comprenais, du moins j'essayais... Parce que si je pensais à ma fatigue, si je me laissais aller, je m'effondrerais et je dormirais plusieurs jours de suite.

J'ai pris la monnaie qu'il avait laissée sur la table pour aller m'acheter un paquet de chips dans un distributeur, puis je suis rentrée me coucher et je suis tombée de sommeil, brisée de fatigue.

Le lendemain, Ronnie n'est pas sorti de son lit. Chaque fois que je l'appelais, il grognait, se retournait et enfonçait la tête sous sa couverture. Comme je n'avais plus un sou, j'ai fouillé dans les poches de son pantalon et j'ai commandé une pizza avec sa carte bleue. J'en ai mis la moitié de côté, mais il n'a pas mangé de la journée.

J'ai regardé la télé qui diffusait de nouvelles informations sur la tempête, de plus en plus glauques à mesure que l'on retrouvait des victimes. Cette fois-ci j'avais envie d'avoir des nouvelles de mes deux meilleures amies. Je suis descendue dans l'entrée et je me suis installée dans un canapé pour leur téléphoner.

J'ai commencé par le portable de Jane. Soit ça ne passait pas, soit elle ne répondait pas. Soit... non, je refusais d'y croire, son téléphone ne pouvait pas être enterré avec elle sous notre lycée en ruine.

J'ai raccroché et essayé Dani. Elle a répondu dès la seconde sonnerie.

– Mon Dieu, Jersey ! Comment ça va ? T'es où ?

J'ai eu les larmes aux yeux tellement j'étais soulagée de l'entendre.

– Ça va.

C'est tout ce que j'ai réussi à répondre, j'étais trop émue.

– Moi aussi. La tornade a plus ou moins épargné la maison, mais elle a explosé les vitres de la voiture de mon frère. T'es où ?

– Dans un motel avec Ronnie. Tu as vu le lycée ?

– Ouais. Total kaput. Il paraît que les cours sont finis pour l'année. Du coup, c'est les vacances. Trop nul pour commencer les vacances d'été. Tu as eu des nouvelles de Jane ?

– Non. Et toi ?

– Non, beaucoup de gens sont injoignables. J'ai essayé de t'appeler, mais ça ne passait pas. En tout cas, les gens que j'ai eus sont dans le même état. Ils flippent. Ils ont tout perdu. Je suis contente que vous vous en soyez sortis.

J'ai essayé de répondre mais je n'ai pas pu. *Non. On ne s'en est pas du tout sortis.*

– Et Kolby ?

– Ça va. Il est parti à Milton. Mais... Dani... Il faut que je te dise un truc.

Je me suis interrompue, ne sachant comment le lui apprendre. C'était la première fois de ma vie que j'avais ce genre de nouvelle à annoncer. À tel point que c'est sorti tout seul, comme si je parlais plus vite que je ne pensais.

– Maman est morte. Marine aussi.

Le silence fut si lourd que j'entendais le souffle de ma respiration.

– Tu rigoles ? a-t-elle fini par répondre.

J'ai hoché la tête, consciente que mon geste était stupide, mais j'étais incapable de prononcer une parole.

– Seigneur, Jersey ! Je ne sais pas quoi te dire... Je suis vraiment désolée pour toi.

– Ouais, donc pour l'instant on est dans un motel à Prairie Valley, ai-je poursuivi en essayant de maintenir le mot « mort » aussi loin que possible. Je ne sais pas quand on va rentrer. Notre maison est en ruine.

– J'ai vu. On a fait un tour en voiture hier soir. Maman veut envoyer des photos à ma grand-mère dans l'Indiana. Ils vont être obligés de reconstruire tout le quartier. Tu penses que Ronnie va retaper la vôtre ?

– Aucune idée. Il ne prononce pas un mot.

– J'imagine qu'il doit être sous le choc. Je n'arrive pas à croire qu'elles aient disparu. Tu sais quand l'enterrement aura lieu ?

– Non. Ronnie ne m'a rien dit. Sur rien. Il ne s'est pas levé de la journée.

J'ai hésité à lui avouer que j'avais pris de l'argent dans sa poche pour manger, que je n'avais pas changé de culotte depuis le soir de la tornade, que je me demandais si Ronnie finirait par sortir de son lit, que je commençais à avoir peur de mourir de faim parce que j'étais trop assommée pour me prendre en main... et puis non, ce n'était pas la peine qu'elle s'inquiète. J'ai préféré me taire.

– Écoute, a-t-elle repris alors. Je vais demander à maman, mais si tu veux venir à la maison, au moins jusqu'à l'enterrement, je suis sûre qu'elle serait d'accord. On n'a plus d'électricité et le toit a plein de fuites, mais elles devraient être réparées dans la journée, et il paraît qu'on aura l'électricité d'ici à la fin de la semaine.

J'ai failli bondir de joie et lui demander de venir me prendre tout de suite. Je n'avais qu'une envie, sauter dans sa voiture et confier à sa mère le soin de tout organiser, comme maman, comme si elle était restée à la maison et avait oublié le cours de danse de Marine. Emprunter les vêtements de Dani et porter des habits qui sentent l'adoucissant plutôt que la transpiration et l'eau de pluie. Déguster des sandwichs au beurre de cacahuètes – une couche bien épaisse – et à la confiture, et boire des sodas jusqu'à plus soif, même tièdes et à la lueur de la bougie.

Malheureusement je ne pouvais pas. Maman était folle amoureuse de Ronnie, et elle aurait été désespérée de savoir que je l'abandonnais au fond de son lit, avec son oreiller sale et mouillé, le visage à peine débarbouillé, ne mangeant rien, incapable de se lever. Je n'étais pas particulièrement attachée à Ronnie, mais maman l'aimait profondément et je lui devais au moins ça.

– D'accord, merci, je vais en parler à Ronnie.

– Rappelle-moi très vite.

– Promis. Faut que je te laisse. Si tu as des nouvelles de Jane, dis-moi, d'accord ?

– Bien sûr. Mais ne t'inquiète pas, je suis sûre qu'elle va bien.

– Ouais...

Comment savoir ? Tout le monde n'était pas sorti indemne de la tornade. Moi, par exemple.

– Et, Jers ?

– Oui ?

– Tu me préviendras, pour l'enterrement ? Je tiens à être là.

J'ai senti une grosse larme couler sur ma joue. Enterrer maman et ma petite sœur était au-delà de mes forces. Je n'avais pas le courage. Je voulais que maman revienne. J'avais besoin d'elle. Quelle ironie... quelle tristesse... la personne dont j'avais le plus grand besoin pour affronter la mort de maman, c'était justement elle, et elle n'était plus là.

– D'accord, je te préviendrai.

J'ai raccroché et je suis restée immobile un long moment, observant les gouttes d'eau qui tombaient une à une du climatiseur dans une cuvette en plastique.

– Ça va ? m'a demandé la réceptionniste en jouant avec sa montre.

– Oui, merci.

Mensonge. Je me suis dirigée vers la porte.

– C'est vraiment atroce, ce qui est arrivé à Elizabeth, a-t-elle ajouté.

– Oui...

– Je suis désolée pour toi.

– Merci.

J'ai filé, vite, le plus vite possible. Je ne pouvais plus supporter qu'on me dise «Je suis désolé». Qu'est-ce que ça voulait dire, *Je suis désolé,* quand la personne en face de vous venait de perdre quelqu'un? Ce ne serait pas plus juste de dire *Je suis reconnaissant*? Sous-entendu, *Je suis reconnaissant d'avoir été épargné*? En tout cas ce serait plus proche de la vérité.

C'était une journée ensoleillée et chaude, et ici, à vingt kilomètres à peine de la maison, une journée presque ordinaire. Sauf qu'en temps normal, j'aurais dû être en cours de chimie en attendant le cours de théâtre et pensant aux jeux de lumière que je devais améliorer. En temps normal, j'aurais dû retrouver maman ce soir, répondre à Marine que je n'avais pas le temps, pas le temps, jamais le temps...

J'ai regardé la rangée de portes des chambres du motel. Ronnie était noyé dans son chagrin derrière l'une de ces portes. Seul. Comme moi, aussi seule, et séparée de lui par quelques mètres à peine, incapables l'un comme l'autre d'échanger ce que nous avions sur le cœur.

Non, je n'avais pas envie de rentrer. Pas tout de suite.

Je préférais aller faire un tour avec sa carte de crédit.

Je suis passée devant une petite galerie commerciale avec plusieurs agences immobilières, des boutiques d'informatique, une teinturerie, avant de repérer un grand drugstore un peu plus bas. Je me sentais moche, sale, avec des chaussures et des habits poisseux. Je regardais tous ces beaux bâtiments, ces gens parfaits. Pourquoi avaient-ils été épargnés, eux?

Arrivée au drugstore, j'ai pris un chariot et j'ai attrapé en vrac des sous-vêtements, des chaussettes, plusieurs T-shirts que je n'aurais portés pour rien au monde devant mes amis, des tongs qui portaient le logo et la mascotte d'un lycée où je n'avais jamais été, des chips, des biscuits et des pots de nouilles précuites Easy Mac. Je me suis arrêtée un long moment au rayon des produits frais pour profiter des vagues d'air froid, les yeux fermés jusqu'à ce que j'aie la chair de poule. Puis je suis rentrée au motel en me demandant si Ronnie serait réveillé.

Qu'est-ce que maman m'aurait conseillé de faire?

Si j'avais été plus proche de Ronnie, j'aurais pu le lui demander. Mais maman avait toujours été un écran entre nous, ou un pont, mais un pont essayant d'établir une relation là où il n'y en avait pas.

– Tu peux l'appeler papa, m'avait-elle dit un jour, peu après leur mariage. Officiellement, c'est ton père, maintenant.

– Papa vit à Caster City, avais-je répondu du haut de mes dix ans.

– Lui, je vais te dire, ça n'a jamais été un père pour toi. Un père n'abandonne pas son enfant. Ronnie ne se comporterait jamais ainsi.

Elle avait raison, bien sûr. Je ne me souvenais même plus du visage de mon père. Je n'avais pas le moindre souvenir de lui et moi ensemble. Pourtant j'avais toujours tenu Ronnie à distance. Peut-être parce que j'avais été abandonnée par mon père? À combien de pères fallait-il que je donne l'occasion de me faire souffrir?

Je suis restée devant la porte de la chambre, hésitant, carte-clé en main, jusqu'au moment où j'ai pris mon courage à deux mains et je suis entrée.

Le lit de Ronnie était vide, défait. La porte de la salle de bains était ouverte, la lumière éteinte. Il n'était pas là. Soulagée, j'ai fait ma toilette et je me suis changée avant de dîner tranquillement devant la télévision.

Il devait être trois heures du matin quand je me suis réveillée. La télé était allumée et Ronnie n'était pas rentré. Où était-il passé ?

11

Ronnie n'est rentré que le lendemain. Je jouais aux cartes sur le lit quand soudain j'ai été aveuglée. Je me suis protégé les yeux avec mes cartes en visière.

– Tu étais où ?

Il a ouvert les rideaux, et le soleil de l'après-midi a inondé la pièce.

– Prends tes affaires, a-t-il simplement répondu.

Il se tenait devant mon lit, le visage creusé et mangé par une barbe de trois jours, les yeux cernés, dégageant une forte odeur d'alcool. Il n'a pas dit un mot de plus, pivotant brusquement pour s'enfermer dans la salle de bains. Je l'ai entendu sortir un gobelet en plastique et ouvrir le robinet.

– Pourquoi ? On va où ?

L'eau a coulé un certain temps avant qu'il réapparaisse, les tempes mouillées comme s'il s'était aspergé le visage.

– Écoute, Jersey, je ne sais pas comment te le dire...

Il s'est effondré sur son lit en me tournant le dos.

– Me dire quoi ? Qu'est-ce qui se passe ? Tu veux parler de l'enterrement ?

– Qu'est-ce que j'en sais de l'enterrement ? Arrête de me

parler de ce putain d'enterrement. (Il s'est essuyé le visage.) Je ne peux... je suis incapable d'y penser, incapable d'organiser quoi que ce soit. Les funérailles. La maison. Tous les jours, je me réveille, je sais que j'ai des tonnes de choses à faire, mais je ne suis pas foutu de m'y mettre.

J'ai failli me lever pour m'asseoir à côté de lui et le prendre par l'épaule. C'est ce qu'aurait voulu maman, que je le console, qu'il me console, que nous soyons solidaires. Mais je suis restée muette, fixant son dos, ses épaules affaissées, ses coudes flétris, le trou dans son T-shirt, cette barrière invisible entre lui et moi.

– Il faut quand même qu'il y ait des funérailles à un moment ou un autre... ai-je risqué. On ne peut pas les laisser... pourrir. Dans la morgue.

– Tu as raison, mais c'est dur. J'ai perdu tout ce à quoi je tenais.

Presque, j'ai corrigé pour lui. *Presque tout ce à quoi tu tenais.* Sauf qu'il avait dit ce qu'il pensait. Il avait perdu maman et Marine. Et il était coincé avec moi. Et moi avec lui.

– Moi aussi, j'ai perdu tout ce à quoi je tenais.

– J'ai réussi à joindre tes grands-parents, Billie et Harold Cameron. Ceux qui vivent à Caster City.

J'ai froncé les sourcils, inquiète.

– Merci, je sais. Je sais où ils vivent.

C'étaient mes grands-parents paternels, les seuls que j'avais, et Ronnie le savait parfaitement puisque les parents de maman avaient coupé les ponts avec elle. Jamais je n'avais entendu maman en parler, sauf quand l'un d'entre nous posait une question précise sur eux. En revanche, elle parlait souvent de Billie et Harold Cameron, ses beaux-parents. Je ne me souvenais pas d'eux, je n'avais jamais reçu de carte d'anniversaire ni de cadeau de Noël de leur part, mais je les identifiais plus ou moins. Maman ne les aimait pas, elle les trouvait froids comme la glace, mais sans doute parce que leurs enfants leur avaient fait des coups pendables, disait-elle. Elle leur en voulait, en partie, pour le départ de mon père ; d'un autre côté elle avait pitié d'eux car ils avaient passé leur temps à réparer les bêtises de leurs enfants et ils n'avaient jamais pu profiter de la vie. Elle les trouvait sinistres, blasés. Comme si la vie, leurs enfants n'étaient là que pour leur malheur.

– Tu leur as dit, pour maman?

Il avait les yeux injectés de sang.

– Jersey, je suis navré.

C'est tout ce qu'il a réussi à me dire. Trois mots.

– Mais pourquoi?

Il a ouvert les mains et j'étais presque satisfaite de voir qu'elles tremblaient.

– Je ne peux pas. Je ne peux pas m'occuper de toi tout seul. Je n'ai jamais pensé à...

T'appeler ma fille, a poursuivi mon esprit, exactement la raison pour laquelle Ronnie ne serait jamais mon père. Ça n'avait rien à voir avec le fait que le mien, alcoolique, m'avait abandonnée. C'était une limite que ni lui ni moi ne reconnaîtrions jamais, mais dont nous avions parfaitement conscience. Ronnie n'avait jamais eu l'intention de m'appeler sa fille. Je faisais simplement partie du lot dont il avait hérité en épousant maman.

– Ils vont venir pour t'aider, c'est ça? C'est bien ça?

– Ils viennent te prendre pour t'emmener chez eux, a-t-il dit en secouant la tête d'un air piteux.

– Quoi ? Mais je n'ai aucune raison d'aller là-bas. Je veux rester ici. J'ai envie de t'aider à reconstruire la maison. Je n'ai pas besoin de m'éloigner pour oublier la tornade.

– Il ne s'agit pas d'une visite de quelques jours. Ils t'emmènent chez eux, tu vas vivre à Caster City.

– Hors de question.

– Tu n'as pas le choix.

– Et pourquoi ? Je peux très bien t'aider. On pourrait s'aider. Pour l'instant, tu es dépassé. On l'est tous les deux. Mais la situation va s'arranger. En plus j'ai tous mes copains ici. Je ne vais pas les abandonner. J'ai besoin d'eux.

– Tu as besoin d'une mère et ça, je ne peux pas te l'offrir.

– Billie Cameron n'est pas ma mère ! C'était maman, ma mère ! Sauf qu'elle n'est plus là, et que je n'aurai jamais d'autre mère. Ce n'est pas en m'envoyant vivre ailleurs que tu vas y changer quelque chose.

– Tu n'as pas d'autre option.

– Si. Je ne vois pas en quoi d'ailleurs c'est une option. Je veux rester ici. Je veux rester avec toi. S'il te plaît, Ronnie, ne m'oblige pas à aller vivre avec eux. Je ne les connais même pas !

– Je suis désolé.

Il a enfoui le visage dans son couvre-lit et je n'ai pas compris ce qu'il a marmonné. J'ai regardé autour de la pièce d'un air éperdu à la recherche de... je ne savais plus de quoi. J'aurais voulu lui prouver que son idée était une mauvaise idée, il ne pouvait pas m'imposer une telle décision.

– S'il te plaît, Ronnie, ne me fais pas ça. Je ne veux pas y aller. S'il te plaît, je l'ai supplié en m'agenouillant au pied de son lit.

Il n'a pas bougé, bredouillant des propos incompréhensibles.

– Je n'irai pas !

Cette fois-ci j'ai hurlé sur un ton de défi, mais j'étais impuissante. Je n'avais pas d'argent, pas d'affaires, pas d'autre famille prête à m'accueillir.

– Je suis navré, a-t-il fini par dire en se redressant. Ça ne m'enchante pas, tu sais. Mais je ne peux pas m'occuper de toi, en tout cas pas tout de suite. Je sais que c'est affreux, et lamentable de ma part, mais je n'y peux rien. C'est la seule solution.

– Maman serait hors d'elle. Elle t'en voudrait à mort.

– Ta mère comprendrait.

– Pas du tout. Jamais elle ne comprendrait que tu m'envoies vivre chez eux.

– Je t'envoie vivre chez eux parce qu'ils s'occuperont beaucoup mieux de toi. Et ça, elle l'approuverait.

– Non.

– Ils vont arriver d'une minute à l'autre, je te conseille de préparer tes affaires.

J'ai été saisie par une angoisse indescriptible. D'une minute à l'autre ? Comment pourrais-je le convaincre en si peu de temps ? Voilà pourquoi il avait attendu le dernier moment pour me le dire. Mon esprit partait en vrille, j'essayais de trouver une idée, un compromis, tout pour ne pas avoir à partir. Mais je ne voyais pas.

– Bon, j'ai fini par lâcher en rassemblant mes quelques affaires. Attends... Ils arrivent là, ce matin ? Et l'enterrement ?

– Je suis désolé, Jersey.

C'est tout ce qu'il avait trouvé à me répéter. Pour la énième fois.

J'étais hors de moi. Il était *désolé*? Je n'assisterais pas aux funérailles parce qu'il était trop égoïste et trop lâche pour me garder avec lui, et il était *désolé*?

– Je rêve ! Tu te débarrasses de moi alors que je n'ai même pas pu dire au revoir à maman et à Marine. (J'ai éclaté en sanglots.) Comment oses-tu ?

– Je n'ai pas de date d'enterrement. Je n'ai pas le courage d'aller à l'hôpital ni aux pompes funèbres. Je ne sais pas qui va payer. On organisera une cérémonie plus tard... Quand j'aurai les idées plus claires.

– Pourquoi tu ne me demandes pas de t'aider plutôt que de te débarrasser de moi ? Je ne leur ai pas dit au revoir, Ronnie. Je n'ai pas pu les...

J'ai serré les lèvres, incapable de continuer.

Il y avait tant de choses que je ne leur avais jamais dites. Tant de choses tues. Que j'aurais voulu formuler devant elles.

Et si je me trompais ? Le dire le jour de leur enterrement n'avait rien à voir avec le leur dire à elles. Or elles n'étaient plus là. J'avais laissé passer l'occasion.

– Billie et Harold te ramèneront pour la cérémonie, a repris Ronnie.

– Je ne comprends pas comment tu peux me faire ça. Je te déteste.

Il s'est enfermé dans la salle de bains et j'ai entendu l'eau couler.

J'ai pris mon portable pour appeler Dani, désespérée.

– Salut, Jersey. Je pensais à toi, justement.

– Heureusement que tu es là. Il faut que tu m'aides.

– Qu'est-ce qui se passe ?

– Il se débarrasse de moi.

– Qui, il ? Tu vas aller où ?

J'ai appuyé mon front contre le papier peint – des ananas, trop bizarre –, à peine capable de respirer.

– Ronnie. Il m'envoie vivre avec mes grands-parents à Caster City.

– C'est pas vrai ! Pour combien de temps ?

– Je ne sais pas. Pour toujours, je crois. Il prétend qu'il ne peut pas s'occuper de moi. Aide-moi, Dani.

– Il ne peut pas t'envoyer là-bas comme ça. Non ? C'est... légal, tu crois ?

– Il s'en contrefiche. Je veux dire, officiellement, oui, ce sont mes grands-parents, mais je n'ai aucune envie d'aller vivre chez eux. Il faut que tu m'aides. Je peux venir chez toi ? Demande à ta mère.

– Elle n'est pas là. Tu veux que je l'appelle ?

– Oui.

Sauf que le temps qu'elle la joigne et me rappelle, ce serait trop tard. Mes grands-parents m'auraient emmenée, et je serais en route pour Caster City avec des gens qui, pour maman, étaient froids comme la glace.

J'ai raccroché et j'ai trié mes affaires. J'ai jeté mon manuel de civilisation occidentale et mon classeur de maths ; je n'ai gardé que *Bless the Beasts and Children (les enfants, n'oubliez pas, n'oubliez pas !)* et deux ou trois stylos et crayons. J'ai roulé en boule mes quelques vêtements pour les fourrer dans mon sac à dos, puis j'ai sorti mon petit chat en porcelaine et j'ai pris le sac de Marine en faux lézard.

Je l'ai posé sur mes genoux en attendant devant la télé qui diffusait encore des images de la tornade. Les informations pouvaient tout montrer sauf une chose, les ravages intérieurs que le monstre d'Elizabeth avait provoqués. Comment filmer la désolation d'un cœur brisé ? J'ai pris un chewing-gum, aplati le petit bout de papier d'aluminium et dessiné une grande silhouette qui tenait dans ses bras une petite silhouette.

« Marine a un papa. » J'ai replié le morceau de papier pour l'ajouter aux deux autres.

Marine a un papa.

Même morte, elle a un papa.

Moi non.

Je n'ai jamais eu de père.

12

Je m'en doutais, mes grands-parents sont arrivés avant que Dani me rappelle. Elle m'avait envoyé un texto – *Maman répond pas. Vais réessayer* –, mais trop tard.

On a frappé à la porte. Je refusais de répondre, je voulais obliger Ronnie à se lever. Puisque c'était comme ça, je ferais tout pour l'énerver.

Je me demandais s'il restait silencieux pour que je culpabilise : à supposer que ce soit le cas, il avait tout faux. Si j'étais morte avec maman dans la tornade, jamais il ne se serait séparé de Marine. Jamais il ne l'aurait envoyée vivre chez des inconnus dans une ville inconnue.

Il a ouvert la porte. Une femme aux cheveux blancs, le visage hâlé et ridé comme un pruneau, est entrée.

– Elle est prête?

Elle parlait de moi comme si je n'étais pas là. Ronnie a hoché la tête et elle m'a demandé :

– Tu as tes affaires?

– On a tout perdu dans la tempête, elle n'a pas grand-chose.

– Oui, c'est ce que vous m'avez dit au téléphone, a-t-elle répondu sur un ton sec.

J'avais beau en avoir assez d'entendre «Je suis désolé», là, c'était pire. Elle était complètement indifférente, comme si elle venait récupérer un canapé dont personne ne voulait.

– Harold est dans la voiture, a-t-elle ajouté en élevant la voix. Tu as mangé? Il voudrait dîner en route.

– Je n'ai pas faim.

J'ai imploré Ronnie du regard, espérant qu'au dernier moment il changerait d'avis. S'il me laissait vivre ici, je lui pardonnerais. Ce serait dur, mais je ferais comme s'il ne les avait jamais appelés. J'essaierais de me mettre à sa place.

Hélas, il n'a rien dit. Il m'a laissée passer devant lui sans un geste.

J'ai suivi Billie qui me précédait en avançant d'un pas martial. J'avais l'impression d'être escortée dans une cellule de prison. Au moins en prison, mes amies auraient pu venir me voir. Non seulement j'avais perdu maman et Marine, mais j'étais obligée d'abandonner Dani, Kolby, Jane, tous les gens que je connaissais, tous mes repères. Que pouvait-on encore m'enlever?

J'ai aperçu une vieille voiture couleur de rouille qui attendait au coin, avec un vieil homme au volant, plissant les yeux à cause du soleil. Il a appuyé sur un bouton du tableau de bord et le coffre s'est ouvert.

– Tu veux déposer tes sacs à l'intérieur? m'a demandé Billie.

J'ai secoué la tête en serrant contre moi le sac de Marine. L'idée d'abandonner son petit carnet au fond de ce coffre qui sentait l'essence, au-dessus d'un tas de câbles de démarrage, me fendait le cœur. J'ai ouvert la portière arrière pour me glisser à l'intérieur. Ça sentait encore l'essence, mêlée à un parfum plus naturel. Un parfum d'herbe peut-être.

Harold a levé le menton pour me regarder dans le rétroviseur, et j'ai frémi. Puis j'ai entendu la porte du coffre claquer et Billie est venue s'asseoir devant. *S'il te plaît, Ronnie, viens, prends-moi avec toi. Comme dans les films, quand la fille est retenue et sauvée par le héros au dernier moment. Sois un héros, Ronnie.* Malheureusement, il avait fermé la porte de la chambre à clé, clôturant l'espace entre lui, le dernier repère de ma vie, et moi.

– Elle a pas faim, a dit Billie en ajustant sa ceinture de sécurité.

– Dans ce cas-là, elle est pas obligée de manger.

– Tu veux dire qu'elle a qu'à s'asseoir sans rien faire ?

– Si c'est ce qu'elle veut. Du moment qu'elle sait qu'on a pas l'intention de s'arrêter à mi-chemin. Elle mange ou elle mange pas, on s'en fiche.

– Je vais quand même pas la laisser mourir de faim.

Ils parlaient de moi comme si j'étais invisible.

Harold roulait à une allure de tortue en direction de l'autoroute. S'il continuait à ce rythme-là, on n'arriverait jamais à Caster City. Ce qui m'allait très bien.

J'ai regardé par la fenêtre en pensant à maman le jour où elle nous avait emmenées, Marine et moi, à Branson pour un week-end entre filles. Je regardais défiler les champs en découvrant le sud du Missouri, qui n'avait rien à voir avec Elizabeth. Le paysage changeait à partir de Caster City, quand tout à coup surgissaient les monts Ozark, purs, indomptés, et je me sentais à mille lieues de chez moi.

Je m'en souvenais, j'avais trouvé un scorpion mort, écrasé entre les rideaux de notre bungalow et j'avais paniqué ; j'avais refusé de descendre du canapé tant que maman n'aurait pas inspecté tout le bungalow. Marine, elle, était fascinée par la bestiole.

« Il a du poison ? » elle n'arrêtait pas de demander, et maman répondait : « Je ne sais pas, mon bébé. Mais certains scorpions sont venimeux, oui. » Elle était accroupie avec ses petites fesses à deux ou trois centimètres du sol, pieds nus sur la moquette, et observait le scorpion. Deux ou trois minutes plus tard, elle a demandé : « Et le poison, il est gentil ? » Maman répétait mécaniquement : « Je ne sais pas, mon bébé » tout en soulevant les coussins du canapé et en inspectant le placard à linge.

À un moment, Marine était accroupie tellement bas qu'elle avait le nez entre les genoux et je n'ai pas pu résister. J'ai bondi et je l'ai tapotée sur les fesses pour la renverser en hurlant :

– Il a bougé ! Il a bougé !

Elle a poussé un cri en se rattrapant au dernier moment avant de filer hors de la pièce en me traitant de tous les noms pendant que je riais.

– Franchement, Jersey, ce n'est pas malin, m'a grondée maman avant de courir la rattraper.

Elle avait passé le week-end terrifiée, éclatant en sanglots et fuyant chaque fois qu'elle apercevait un insecte.

J'étais là, assise dans la voiture de mon grand-père en direction de la région du Missouri où j'avais vu un scorpion pour la première fois de ma vie, et je me demandais comment j'avais pu être aussi cruelle avec ma petite sœur. Je l'avais privée de sa fascination pour la remplacer par la terreur. Elle était morte en ayant peur des insectes à cause de moi.

J'ai pris un second chewing-gum au fond de son sac, et j'ai

étalé le papier d'aluminium pour dessiner une petite figurine avec une tache noire et une légende.

« Marine adore les scorpions. » Je préférais cette version-là. J'ai rangé le papier avec les autres et j'ai appuyé ma tête contre la vitre en fermant les yeux pour ne pas voir les centres commerciaux et les magasins disparaître avant de laisser place aux champs et aux fermes qui allaient être mon nouveau paysage quotidien.

Ni l'un ni l'autre n'a pris la peine de me réveiller. Ils ont simplement claqué la porte – *bang ! bang !* – pour me prévenir qu'on s'était arrêtés. J'ai ouvert les yeux, relevé la tête, et j'ai vu un grand parking avec mes deux grands-parents avisant l'entrée d'un restauroute.

– Tu viens ? m'a lancé ma grand-mère en se retournant.

Je n'ai pas répondu. Je n'ai pas bougé. Plus certaine de savoir faire. Ma grand-mère s'est retournée sans façon, avant de se diriger vers le restauroute avec mon grand-père.

Je n'avais pas envie de les rejoindre. Pas faim. L'idée même de manger me donnait la nausée, et je n'avais pas le courage de faire la conversation à ces deux étrangers. Cela dit, ça faisait plusieurs jours que je n'avais pas pris de vrai repas, et il ne dépendait que de moi de me nourrir, me doucher et dormir. Personne n'y veillerait pour moi. Je n'avais pas le choix.

Mes grands-parents étaient assis côte à côte à une table près des toilettes. *Quelle drôle d'idée. C'est la première fois que je vois un couple qui n'est pas assis face à face pour parler.* Remarque, c'était aussi bien, comme ça je n'aurais pas besoin de me glisser à côté de ma grand-mère en lui effleurant l'épaule. Il valait mieux que je m'assoie en face.

– On a déjà passé la commande, m'a-t-elle annoncé en guise de bienvenue. Je pensais pas que tu viendrais.

La serveuse est arrivée avec deux grands verres de thé glacé qu'elle a déposés sur la table en me disant :

– Ne t'inquiète pas, ma chérie, je n'ai pas encore passé la commande. Tu veux voir la carte ?

Quelque chose de doux dans ses yeux m'a rappelé maman, et j'ai dû me retenir pour ne pas éclater en sanglots ni me précipiter dans ses bras. *Dans mon film la serveuse serait l'héroïne qui aime la fille à la fin. Emmène-moi avec toi !*

– D'accord, dans ce cas-là je prendrai un hamburger-frites.

– Très bien.

– Je ne sais pas comment ta mère s'organisait, mais t'imagine pas que tu vas dîner au restaurant tous les soirs, m'a déclaré Harold d'une voix caverneuse, le genre de voix qui terrifie les petits enfants.

Et qui me terrifiait déjà, moi !

Je n'ai pas cherché à me défendre. S'ils pensaient qu'on avait mené la belle vie avec maman après le départ de leur fils, ils étaient loin du compte.

– Et t'imagine pas non plus qu'à la maison, c'est les petits plats dans les grands, a renchéri Billie en faisant tournoyer la salière. (Mais qu'est-ce qui pouvait la rendre aussi nerveuse ?) Je te préviens, tu mettras la main à la pâte, on n'est pas là pour te servir. C'est une maison, chez nous, pas un hôtel. Tout le monde participe.

– D'accord.

– D'accord mamie, m'a corrigée mon grand-père.

La serveuse m'a apporté un grand verre d'eau sur lequel je me suis jetée, les joues brûlantes.

– Ne bois pas trop, m'a tancée mon grand-père. On n'a pas l'intention de s'arrêter avant d'arriver. Si tu as une urgence, t'auras qu'à te retenir.

J'ai déposé mon verre. Un long silence a suivi, jusqu'au moment où la serveuse a apporté les plats, et dès la première bouchée, j'ai senti que je mourais de faim et que j'avais oublié le plaisir d'avoir un plat chaud. En face de moi, mes grands-parents plantaient leur fourchette dans d'énormes morceaux de poulet rôti dégoulinants de sauce avant de les enfourner dans la bouche. Harold avait une grosse goutte de sauce qui pendouillait de sa lèvre inférieure.

– On n'a pas tant d'espace que ça à la maison, dit Billie après avoir avalé quelques bouchées. Avec tout le monde qui y vit. On pense que c'est notre devoir d'aider les membres de la famille qui sont dans le besoin, malheureusement, tu n'es pas la seule dans le besoin.

– C'est simple, on se croirait dans un asile, a maugréé Harold avec de la salive pleine de miettes aux coins de la bouche.

Il s'est léché les babines, et j'ai détourné le regard pour éviter d'avoir un haut-le-cœur en voyant onduler sa langue rose pleine de nourriture mâchée.

– Bon, on va te trouver une chambre, a déclaré Billie, mais ça sera sûrement moins bien que chez toi.

– Tu parles, sa chambre doit être en ruines, a renchéri mon grand-père.

Je ne savais pas s'il plaisantait ou si c'était le champion de l'indélicatesse.

– En attendant, on peut te proposer le canapé de la véranda, a repris ma grand-mère en brandissant une fourchetée de poulet. En tout cas, il fait plus frais là qu'à l'intérieur, la nuit. Et elle est entièrement couverte. On trouvera une autre solution pour l'hiver. Peut-être qu'on aménagera une chambre dans la cave.

– Oui, mamie.

Quel cauchemar ! La cave était le dernier endroit où j'avais envie de dormir. L'idée même d'y mettre un pied me faisait frémir.

– C'est regrettable, ce qui est arrivé à ta mère, a dit Billie entre deux bouchées. Mais il n'y a rien à y faire. Tous les jours il y a des drames. Ça arrive à tout le monde, pas qu'à toi.

J'ai repensé à la théorie de maman pour qui Harold et Billie étaient malheureux parce que la vie ne les avait pas épargnés. Je me demandais quels drames ils avaient vécus, s'ils s'étaient renfermés sur eux-mêmes pour fermer la porte au malheur. Finirais-je comme eux, moi aussi, froide comme la glace, malheureuse, blasée, balançant à quelqu'un qui vient de perdre ses parents : « Tous les jours il y a des drames » ?

Le déjeuner s'est poursuivi, morose, chacun le nez plongé dans son assiette. À la moitié de mon hamburger, j'étais déjà rassasiée, mais j'ai grignoté les frites parce qu'elles me rappelaient celles du lycée – ce qu'il y avait de meilleur à la cafétéria. Tous les jours ou presque, Jane, Dani et moi, nous prenions un milk-shake au chocolat et une grande assiette de frites que nous partagions. Nous posions le milk-shake et les frites au milieu de la table et chacune à son tour trempait des frites dans la glace. Chaque fois qu'un élève découvrait notre petit rite, il affichait un air dégoûté, mais à peine essayait-il, on le retrouvait en train de manger des frites au milk-shake au chocolat le lendemain. Le mélange sucré-salé chaud-froid était irrésistible.

Un peu comme le mélange Dani, Jane et moi. Parfait. Chacune était différente, et on se complétait de façon idéale.

Comme elles me manquaient ! Jane ne se doutait même pas que j'étais partie, et encore, si elle avait survécu à la tornade. Mais comment le saurais-je ? J'allais vivre à Caster City, à trois heures de voiture. Plus jamais je ne pourrais partager des frites ni du milk-shake au chocolat avec mes deux meilleures amies. Plus jamais je ne pourrais m'asseoir en tailleur sur le plateau pendant les répétitions de théâtre, éclairer le visage de Dani qui déclamait ses répliques ou écouter Jane répéter un nouveau morceau de violon.

Je ferais ma terminale sans elles, et si ça trouve, je ne les reverrais jamais.

C'était trop injuste.

– Évidemment, Clay, ton père, sera là.

C'était Billie, mais je n'ai pas tout de suite compris de qui elle parlait.

– Sera où ?

– S'il te plaît mamie, m'a corrigée Harold.

– Sera où, s'il te plaît mamie ?

– À la maison.

En effet, c'était dans l'ordre des choses. Il devait passer régulièrement puisque c'était leur fils.

Et mon père. Un père que je n'avais pas vu depuis quinze ans.

– Il est... (J'ai hésité, j'avais tellement de questions à leur poser.) *Il est vivant ? Il n'est pas en prison ? C'est le genre de personne qui rend visite à ses parents ?* Il vit à Caster City ?

– Bien sûr qu'il vit à Caster City. Toute la famille vit là. Sa sœur Terry... ses neveux... nous.

– La seule raison pour laquelle il y vit, cela dit, c'est parce que ta mère l'a voulu, est intervenu Harold. Il est né à Waverly, à une heure d'ici environ. (Il m'a indiqué une direction avec sa fourchette à travers la vitre.) Mais on a quitté Waverly il y a des années pour emménager à Caster City. Clay n'a pas voulu nous suivre. Par amour, qu'il a dit. Mais quand il a vu qu'elle lui pourrissait la vie, il est revenu. Honnêtement, il aurait jamais dû aller à Elizabeth.

Mon portable a vibré dans ma poche. J'ai vu la réponse de Dani : *Maman dit qu'il faut qu'elle en parle à Ronnie. Désolée. Vais insister.*

Je l'ai enfoui au fond de ma poche, le cœur serré. Je n'étais pas en train de rêver. J'allais bien à Caster City avec ces deux étrangers. Et j'allais faire la connaissance de mon père.

– Il vient souvent… mamie ?

– Pourquoi viendrait-il ? m'a-t-elle répondu sur un ton agacé, comme si j'étais censée connaître la vie de mon père, une vie dont j'étais exclue. Puisqu'il habite avec nous. De même que sa femme, Tonette, et leurs deux filles. Tu vas faire leur connaissance ce soir.

13

Harold ne lançait pas d'avertissements à la légère. Nous ne nous sommes pas arrêtés une seule fois entre le restauroute et Caster City. De toute façon je ne lui ai rien demandé. J'étais calée au fond du siège arrière et je réfléchissais à notre conversation, à la rencontre avec mon père – notre première rencontre.

Nous sommes arrivés au crépuscule. La nuit n'était pas encore tombée parce que les journées étaient plus longues. J'ai jeté un œil anxieux sur la maison au bout de l'allée, une petite bicoque blanche, avec des volets qui flanchaient et un perron dont trois côtés sur quatre étaient entourés d'un treillage en bois. Ce serait là, ma chambre ? Je ne voyais pas comment je pourrais dormir dans un endroit pareil en attendant l'hiver.

Brusquement deux garçons ont déboulé de la porte d'entrée. Ils devaient avoir huit ans à peine, ils avaient le visage sale, et tous deux étaient torse nu.

– Rends-le-moi ! a hurlé l'un en frappant la tête de l'autre. Tête de nœud, pauvre nase !

Ils sont tombés l'un sur l'autre en s'injuriant, roulant dans la boue et se cognant de toutes leurs forces. Je me demandais comment allaient réagir mes grands-parents, mais ils n'ont pas dit un mot. J'ai pensé à Marine, soudain si innocente. Un ange.

Billie est descendue de la voiture en tapotant sur les plis de son pantalon avant de m'annoncer par la vitre :

– On y est.

Bienvenue chez toi, Jersey !

J'ai ouvert ma portière quand j'ai vu une jeune femme apparaître sur le perron avec un bébé en couches dans les bras, aussi sale et mal tenu que les deux gamins.

– Nathan ! Kyle ! Arrêtez ! a-t-elle hurlé tandis que le bébé pointait le doigt sur eux en babillant.

Elle s'est tournée vers moi en m'encourageant :

– Viens, monte.

J'étais mal à l'aise. J'avais les jambes qui flageolaient et les bras qui tremblaient, et mon hamburger-frites pesait lourd sur mon estomac.

C'était ça, ma nouvelle vie ? Vivre avec ces deux sales gosses et ce bébé à moitié nu dont je ne pouvais pas identifier le sexe ? Échanger des regards noirs avec mon grand-père ? Dormir sur le perron ? Et tout ça sans amis, sans lycée, sans Kolby pour scruter les nuages annonçant la tempête avec moi ? Et... mon père ? Celui qui m'avait abandonnée, qui avait coupé maman de sa famille, où était-il ? À cause de lui, je m'étais retrouvée seule avec maman, et aujourd'hui, je me retrouvais seule avec moi-même dans ce trou perdu.

J'aurais donné n'importe quoi pour avoir Marine avec moi et pour qu'elle me supplie de danser avec elle. J'aurais chanté et dansé le swing de la côte Est avec elle à perdre haleine.

Pourquoi personne ne venait-il me réveiller pour me dire que c'était un cauchemar?

– Viens, elle ne mord pas, m'a lancé Harold, me ramenant soudain les pieds sur terre.

Il a tiré sur une des bretelles de mon sac à dos mais j'ai résisté.

– C'est bon, je le tiens...

– Comme tu voudras.

J'ai fini par descendre en le suivant le long de l'allée couverte d'un mélange de ciment concassé et de gravier. Les deux garçons avaient arrêté de s'injurier et jouaient par terre en essayant diverses poses de lutte.

– Salut, m'a lancé la jeune femme en reculant, comme si j'étais un animal dangereux. T'aurais pu monter plus tôt. Tu m'as pas entendue?

Qui était-ce? La femme de mon père? Celle qui avait remplacé maman? Cette greluche avec un haut de femme enceinte élimé, les cheveux en bataille et une tripotée d'enfants qui parlaient comme des charretiers?

J'ai suivi mon grand-père à l'intérieur et je l'ai entendue hurler : «Les garçons, je vous ai dit d'arrêter et de ramener vos fesses!» Le bébé a répété son propos dans sa version babil et j'ai eu pitié pour lui. Heureusement que je n'avais pas grandi ici... Sauf que pour l'instant, je n'avais pas le choix, c'était mon nouvel environnement.

Billie m'attendait dans le salon, debout devant deux adolescentes qui m'ont dévisagée du canapé dans lequel elles étaient affalées. Les stores étaient fermés, et la télé allumée projetait dans la pièce des lueurs blafardes.

– Elle a rencontré Terry? a demandé ma grand-mère en parlant de moi à la troisième personne.

– On vient de la croiser, a répondu Harold, comme si notre vague échange tenait lieu de présentation.

Je me suis souvenue qu'au déjeuner, il avait mentionné l'existence d'une certaine Terry, la sœur de mon père. La femme que j'avais vue était donc ma tante, pas ma belle-mère. Bonne ou mauvaise nouvelle? Je n'aurais pas su le dire. D'une certaine façon, découvrir que ma belle-mère était grande gueule m'aurait soulagée. J'aurais su à quoi m'en tenir. La vérité est une forme de soulagement, même quand elle est laide à voir.

– Je te présente Lexi et Meg, a déclaré Billie en m'indiquant les deux filles qui n'ont pas daigné lever les yeux.

J'ai eu des remords. Combien de fois j'avais réagi comme ça avec Marine, l'ignorant pour ne pas rater la réponse débilissime d'une star de *reality show*!

– Ce sont donc tes sœurs.

J'ai serré contre moi le sac de Marine.

– Demi-sœurs, a corrigé l'un d'elles en me jetant un regard mauvais.

– Si tu veux, demi-sœurs, a concédé Billie. Viens, je vais te montrer où tu pourras dormir.

Je l'ai suivie en passant par une cuisine sens dessus dessous. L'évier était plein d'assiettes sales et la porte du four à micro-ondes grande ouverte. Puis nous sommes sorties sous une espèce de véranda fermée qui donnait sur un jardin, d'où filtrait de l'air frais qui aérait la cuisine. Billie m'a tenu la porte ouverte en m'annonçant :

– On appelle ça la véranda familiale. Mais pour l'instant ce sera la tienne. Tu peux baisser les stores pour avoir un peu d'intimité, mais tu pourras pas fermer la porte à clé parce qu'elle se verrouille de l'intérieur.

Elle a balancé des draps sur un canapé qui avait l'air centenaire, avec de grosses fleurs orange sur un fond beigeâtre, qui avait dû être blanc.

– Tu as des vêtements ?

– Oui et non. J'ai acheté deux ou trois sous-vêtements dans un drugstore, c'est tout. Il faudrait que je fasse une lessive.

– Tu es un peu épaisse pour en emprunter à Lexi ou Meg, mais peut-être que tu rentrerais dans les vêtements de Terry.

Elle m'a toisée du regard, ce qui m'a mis affreusement mal à l'aise, lâchant d'un ton brusque :

– De toute façon, vu ta situation, tu ne peux pas faire la difficile.

Je me suis retenue de lui répondre que justement, je n'avais rien demandé, d'autant que je n'avais pas refusé d'emprunter des habits à Terry.

– Installe-toi, et ensuite, tu pourras faire la vaisselle. Lexi est ravie, ses corvées vont diminuer de moitié.

Elle est sortie, et je me suis écroulée sur le sofa, ne sachant trop quoi faire pour « m'installer ». Je n'avais rien à ranger, et j'avais peur de laisser dans ma chambre les rares objets que j'avais emportés avec moi. Je n'avais aucune envie non plus de retourner dans la cuisine pour aller récurer des plats et des assiettes dans lesquels je n'avais pas mangé.

J'ai longuement regardé la porte-moustiquaire qui donnait sur le jardin à l'arrière de la maison, en me demandant ce qui se passerait si je partais, si je marchais droit devant moi… Droit devant moi. Me sauver. Fuir. Comme une héroïne prisonnière.

Mais où ? Je pouvais aller n'importe où, c'était le problème. Je n'avais pas de destination. Pas de toit. Mon toit, c'était ce canapé balancé dans cette prétendue « véranda familiale » au milieu de nulle part, avec deux gamins qui juraient comme des troupiers et deux ados revêches.

La vie à Elizabeth était un paradis à côté… Marine faisait de la balançoire, maman était assise dans l'herbe et se peignait les ongles aux couleurs du printemps en chantonnant un refrain de Spandau Ballet qu'elle adorait.

– Jersey, regarde ! hurlait Marine chaque fois que je sortais par la porte de derrière quand elle était dans le jardin. Et elle se lançait dans un numéro qu'elle croyait ultra-risqué – penchant la tête en arrière sur la balançoire, ou debout au sommet du toboggan, ou faisant le cochon pendu sur le trapèze. « Marine l'acrobate », la surnommait maman.

– Viens, Jers. J'ai du bleu rouge-gorge, m'appelait-elle en agitant son flacon de vernis.

– Non merci, j'ai des devoirs.

C'était un mensonge, parce que j'étais rarement retenue par mes devoirs, mais toujours par un prétexte beaucoup plus bête.

– La bohème… ai-je fredonné, assise dans la « véranda familiale » en reprenant les paroles de la chanson préférée de maman.

J'ai essuyé une larme et plongé la main dans le sac de Marine. J'ai pris un chewing-gum, déplié le papier alu et dessiné ma petite sœur accrochée à une barre, avec une bulle qui disait : « Marine l'acrobate. » Puis j'ai ajouté : « Marine est bleu rouge-gorge. »

14

J'ai entendu une porte claquer à l'intérieur, puis des cris étouffés – les deux garçons et ma tante, sans doute. Vite, j'ai fermé le sac de Marine et je l'ai caché avec le mien entre le dossier du sofa et le mur. Je suppose que c'était cela, « m'installer ».

Je suis allée dans la cuisine et j'ai commencé à faire la vaisselle, sursautant chaque fois que retentissait un cri. Il devait y avoir un conciliabule familial dans le salon. Le volume de la télévision avait augmenté, et ma grand-mère et ma tante éclataient de rire, grognaient en aboyant, ou poussaient de longs « ooooh ».

J'étais chez moi, en famille, mais personne ne me demandait comment s'était passée ma journée, si j'avais des devoirs, comment se présentaient la comédie musicale et les examens de fin d'année. Personne ne chantonnait, personne ne pépiait en regardant un dessin animé, personne ne sifflait en ouvrant une canette de bière. Les bruits de cette maison m'étaient étrangers, ils appartenaient à une famille dont j'étais exclue. Pourtant, j'avais l'impression de ne pas avoir entendu la mienne depuis une éternité, comme si je venais d'ailleurs, d'une autre vie, une existence rêvée, qui n'avait plus de réalité.

Nathan et Kyle ont déboulé dans la cuisine, jouant et criant avec une énergie inépuisable.

– T'as des boutons ! m'a lancé l'un d'eux – lequel, je n'en étais pas sûre.

Et tous deux ont éclaté de rire. J'essayais de les ignorer, de les prendre en pitié, mais j'avais du mal, car c'est de moi que j'avais pitié.

Le temps d'essuyer la vaisselle et d'ouvrir tous les placards pour trouver où ranger chaque pièce, j'étais à bout. Je n'ai pas eu le courage d'entrer dans le salon. Je suis retournée dans la véranda, j'avais besoin d'être seule et de me reposer.

J'étais condamnée à la solitude.

J'ai poussé la porte et je suis tombée sur... mes deux demi-sœurs, assises sur le canapé.

– T'as du fric ? m'a demandé la plus âgée, celle que Billie avait appelée Lexi.

– Pas un sou, non.

– T'es arrivée avec un sac à main et un sac à dos. On t'a vue, a renchéri Meg en se levant.

Elle devait m'arriver au nez et elle était maigre comme un clou. Je lui donnais quatorze ans à peu près, deux ans de moins que moi.

– Oui, mais je n'ai pas un sou, ni dans l'un ni dans l'autre.

– Tu parles, t'es une gosse de riches, m'a répondu Lexi en rejoignant sa sœur. Papa nous l'a dit, ta mère bossait et tout ça.

– Ma mère avait un boulot, oui, mais on n'était pas vraiment friqués. Elle n'a jamais eu de pension pour...

Je me suis arrêtée, mes rapports avec Clay ne les concernaient pas.

Je les ai longuement dévisagées pour voir si nous nous ressemblions. D'après maman, j'avais la forme de visage de mon père, c'est pourquoi je ne ressemblais pas à Marine, qui était un parfait mélange de maman et Ronnie. Personnellement, j'avais l'impression d'être l'incarnation des paroles du refrain de *Bonjour Sésame*, « Une de ces créatures n'est pas comme les autres ».

Pour autant, je ne me reconnaissais pas non plus dans ces deux filles. Elles avaient la mâchoire prononcée alors que la mienne était souple, et de grands yeux bleus, alors que les miens, très ordinaires, étaient marron. Elles étaient tellement maigres qu'elles auraient pu se glisser entre les barreaux d'une prison alors que j'étais ronde et tout en courbes. Leur nez en trompette, avec des taches de rousseur, leur donnait un petit air mignon, alors que j'avais ce que maman appelait des boutons de chaleur autour du visage. *Ne t'inquiète pas,* me rassurait-elle quand je disais que je me trouvais moche, *tout le monde en a, des boutons de chaleur. Ils finiront par disparaître.*

– Au cas où t'aurais pas pigé, on n'a aucune envie que tu viennes habiter chez nous, m'a balancé Meg.

– Nos parents non plus, a ajouté Lexi. La seule raison pour laquelle tu es ici, nous a dit grand-mère, c'est pour faire du ménage, même si tu n'es pas vraiment de la famille. Sauf qu'on voit pas pourquoi il faudrait qu'on soit sympas avec toi sous prétexte que grand-mère l'a décrété.

J'ai serré les dents pour ne pas exploser.

– Si vous voulez tout savoir, moi non plus je n'ai pas tellement envie de vivre ici. Sauf que je n'ai pas eu le choix.

– Il paraît qu'il faut avoir pitié de toi parce que t'es orpheline.

Le mot m'a fait l'effet d'un coup de poing dans le ventre.

Je ne suis pas une orpheline, idiote. Un orphelin a perdu ses deux parents, or mon père est vivant. Je n'ai rien dit parce que je n'en étais pas tout à fait sûre. Pouvait-on être une orpheline affective ? Si oui, je l'étais, sans hésiter.

– Papa nous a parlé de ta mère, complètement folle, il paraît, a lancé Meg, tandis que sa sœur lui donnait des coups dans les côtes.

– On est pas censées lui parler de sa mère...

Je me suis concentrée sur ma respiration pour ne pas craquer. Bien sûr, j'avais connu des moments où j'étais furieuse contre maman, mais entendre ces deux pestes en parler me mettait hors de moi. J'avais envie de leur cracher à la figure : *Vous ne connaissez pas maman. Et vous ne la connaîtrez jamais. D'ailleurs elle avait dix fois plus de classe que vous tous réunis ici !* Au lieu de quoi j'ai simplement répondu :

– Maman, elle a disparu. Elle n'a plus à rien à voir avec rien, de toute façon.

Je m'en voulais d'avoir la voix qui tremblait parce que j'avais des milliers de choses à leur dire : que Clay était mon père, par exemple, même si ça ne me faisait pas plaisir, que donc on appartenait à la même famille, qu'elles le veuillent ou non.

À côté, la télévision continuait à brailler et les garçons couraient dans tous les sens en jurant. La vaisselle était faite. Personne ne cherchait à savoir si Meg et Lexi m'avaient accueillie avec un minimum de gentillesse.

– Viens, Meggie, a fini par lancer Lexi. On la taxera plus tard.

Elles ont filé dans le jardin en murmurant une série de noms d'oiseaux – comme si elles pensaient que je ne les entendais pas. *Débile. Trop nulle. Orpheline.*

Je me suis écroulée dans le canapé, les mains tremblant à tel point que je me suis assise dessus pour me calmer.

Certes, je ne pensais pas qu'on deviendrait amies tout de suite, mais comment supporter de vivre avec elles ? Si j'appelais Ronnie pour lui dire qu'elles traitaient maman de tous les noms, il serait furieux, non ? D'accord, il n'était pas attaché à moi, mais il était fou de maman. Il serait prêt à me reprendre avec lui pour défendre maman.

J'ai attrapé mon portable. J'avais un nouveau SMS de Dani. *Toujours pas de nouvelles. Rien sur Jane. Super inquiète !* J'ai répondu aussitôt : *Pourvu qu'elle aille bien. Appelle dès que t'as des nouvelles.* Puis envoyé un second texto : *Ici c'est l'horreur. Demi-sœurs atroces. À l'aide !* J'ai appuyé sur « Envoyer », et j'ai cherché une prise où je pourrais charger mon portable plus tard. C'était mon seul lien avec mon ancienne vie. Je n'osais pas imaginer à quel point je serais isolée et abandonnée s'il était coupé.

Vite, j'ai composé le numéro de Ronnie en répétant tout bas ce que je voulais lui dire. *Je sais que tu n'as pas le courage de t'occuper de moi en ce moment, Ronnie, mais je suis attachée à toi. Je pourrais t'aider à maintenir maman et Marine vivantes dans ton esprit. Je pourrais faire la cuisine et le ménage. Je comprendrais même que tu aies envie de te remarier.*

Comme il ne décrochait pas, j'ai laissé un message : *Salut, Ronnie. Je suis bien arrivée.* Pause. *Mais je voudrais rentrer. S'il te plaît, dis oui. On pourrait en parler. D'accord ? Tu me rappelles ?* J'ai raccroché et appelé Kolby.

– Salut, Jersey !

Sa voix chaleureuse m'a fendu le cœur. J'avais l'impression d'être partie depuis des années. Je n'arrivais pas à croire que moins d'une semaine plus tôt, je rentrais du lycée avec lui, j'empruntais son skate-board et je faisais des petits allers-retours en me réjouissant que les cours finissent bientôt. Chacun faisait des projets pour l'été. Jamais on n'aurait imaginé que les grandes vacances vireraient au cauchemar.

– Comment ça va ? T'es toujours dans le motel ?

– Non. Ronnie m'a envoyée à Caster City.

– Caster City, putain, mais pourquoi ?

J'ai entendu le cliquetis d'un ordinateur qu'on ouvre et je l'ai vu en train de s'asseoir avec son petit air distant, portable sur les genoux, pour chercher Caster City sur Google Maps.

– Mon père biologique, ai-je lâché, piteuse.

Silence. Je n'entendais même plus son ordinateur.

– Je ne savais pas que tu avais un père biologique.

– Moi non plus. Enfin, si, mais il est parti quand j'étais bébé.

– Il est comment ?

– Aucune idée, je ne l'ai pas encore vu. Mais à en juger par ses filles, pas top.

– Attends ! Tu as des sœurs ?

– Enfin, des demi-sœurs. Meg et Lexi, deux garces.

– Si je comprends bien, tu ne les aimes pas.

– Non, ni elles ni rien ici...

J'ai eu la gorge serrée. Je préférais changer de sujet avant d'éclater en sanglots.

– Comment c'est, Milton ?

– Pas mal. Il n'y a rien à faire, mais au moins j'ai un toit.

J'ai fermé les yeux. Je ne savais même plus de quoi il parlait.

– Maman est contente parce qu'elle est avec ses sœurs, et Tracy est ravie parce qu'on a, genre, des milliers de cousins. Mais je m'ennuie un peu, je traîne, je joue à des jeux en ligne. En plus mon bras me fait trop mal.

– Pourquoi ?

– Tu te rappelles ? Je me suis coupé sur du verre ? Le lendemain ?

– Oui, mais ce n'est pas cicatrisé ?

– Non, c'est assez dégueulasse, tu devrais voir.

– Non merci.

En fait, j'aurais adoré voir du moment que je pouvais le voir, lui. Si seulement je pouvais apercevoir un visage qui me rappelait mon enfance ! J'avais du mal à retenir mes larmes.

– Faut que j'y aille, Kolby. Mais rappelle-moi... plus tard, OK ?

– Pas de soucis. Mais, Jersey ?

– Ouais ?

– Avec un peu de chance elles vont se calmer. Tes demi-sœurs. C'est sympa, non ? Avoir deux sœurs ?

– Oui, tu as raison.

Et j'ai raccroché.

J'ai tiré la couverture qui traînait sur le vieux sofa miteux et je me suis blottie dessous, étouffant des sanglots si violents qu'ils étaient presque secs.

Pourquoi est-ce que Ronnie ne me rappelait pas ? Comment pouvait-il ne pas comprendre que cette maudite tornade avait fichu en l'air toute ma vie ?

Je suis restée là, pleurant jusqu'au coucher du soleil,

jusqu'à ce que la maison sombre dans l'obscurité et que les bruits à l'intérieur diminuent... diminuent et disparaissent. On n'entendait plus que le chant des criquets et le coassement des grenouilles au loin, et de temps en temps un froissement qui devait venir d'un animal sauvage. J'avais peur, j'aurais voulu me lever pour fermer ma porte à clé, persuadée que j'allais être assassinée par un fou ou attaquée par un coyote, mais la porte n'avait pas de verrou. C'est comme si je dormais dans le jardin.

Heureusement, les bruits se sont mués en bercements et j'étais si épuisée que je me suis endormie.

Je ne devais pas être plongée dans un sommeil très profond parce que j'ai été réveillée par un crissement de pneus sur le gravier, mais il a fallu que j'entende claquer une portière de voiture pour que je comprenne où j'étais.

J'ai entendu des pas se rapprocher de la maison et des chuchotements flottant à la surface du silence.

La porte-moustiquaire s'est ouverte et j'ai senti une forte odeur d'alcool relevée par une déclaration tonitruante : « Ouais, je suis un vrai fils de pute. »

J'ai scruté l'obscurité et j'ai aperçu deux petits yeux bruns qui ressemblaient aux miens.

Debout dans l'encadrement de la porte, oscillant dans une paire de santiags usées, se tenait mon père, Clay Cameron.

15

Derrière Clay, les mains sur son dos comme si elle cherchait à le retenir, se cachait une femme. Elle était petite, et son jeans trop étroit faisait ressortir son ventre.

– Eh ben ! a-t-elle lâché d'une voix pâteuse. Mademoiselle Don-de-Sperme est là.

– Ta gueule, Tonette.

Il a agrippé l'encadrement pour ne pas tomber et m'a longuement dévisagée en oscillant la tête. Je commençais à avoir le tournis.

– C'est toi, Jersey ?

– Oui.

– Ta mère est vraiment morte, alors, hein ?

– Oui, avec ma sœur, Marine.

– J'ai pas de fille qui s'appelle Marine. Ta mère est une menteuse, m'a-t-il répondu d'une voix confuse.

– Pas comme toi, j'espère, a renchéri la femme derrière lui.

– C'était ma demi-sœur.

– Dommage.

Il est entré en titubant, martelant si violemment le sol que j'avais peur qu'il réveille tout le quartier, puis il a disparu en répétant : « Putain, dommage, vraiment. »

La femme l'a suivi, avalée par l'obscurité avant même que la porte se referme.

– ... toujours dit qu't'aurais voulu que cette salope crève, l'ai-je entendu dire.

Et tous deux ont éclaté de rire. J'étais assise face au jardin plongé dans la nuit, trop sonnée pour enregistrer les bruits. C'était la première fois que je voyais mon père et il était ivre mort. Il ne m'avait même pas demandé comment j'allais, ni si ce n'était pas trop dur d'avoir tout perdu. Rien, pas un mot sur la tornade – comme les autres. Ils s'en fichaient comme d'une guigne. La ville où j'avais grandi était ravagée, ma mère et ma sœur étaient mortes, et il regardait la télé en picolant.

Et cette femme, Tonette, qui parlait de maman alors qu'elle ne la connaissait même pas ! Qui débarquait bourrée un soir en pleine semaine. Qui ricanait d'apprendre que quelqu'un était mort. Son chemisier était tellement décolleté qu'on voyait ses seins, même dans l'obscurité. Tout le contraire de maman. Qu'est-ce que Clay pouvait bien lui trouver ?

J'étais complètement réveillée et je savais que j'aurais du mal à me rendormir tout de suite. Je me suis levée pour attraper le sac de Marine et j'ai pris un chewing-gum – le premier paquet était fini, déjà !

Je regrettais d'avoir appelé Marine « ma demi-sœur » devant mon père et sa femme. Maman nous avait toujours obligées à nous appeler « sœurs ».

– Elle n'a pas le même père, mais c'est ta sœur, m'avait-elle expliqué quand elle était née, quand elle était une toute petite chose rose gigotant dans ses langes, sous une couverture jaune avec des canards.

– Dani m'a dit que c'est pas ma vraie sœur parce qu'on n'a pas le même père. Du coup c'est ma demi-sœur.

Le visage de maman s'était assombri tandis qu'elle berçait avec délicatesse Marine sur ses genoux.

– Tu diras à Dani que ce qui lie un frère et une sœur, ce n'est pas le sang, c'est le cœur.

Plus jamais je n'avais appelé Marine « ma demi-sœur », en tout cas jamais devant elle. Je n'étais même pas sûre qu'elle ait compris que nous n'avions pas le même père, même si elle me demandait parfois tout haut pourquoi je n'appelais pas Ronnie « papa ».

J'ai dessiné une petite couverture avec une tête ronde et j'ai écrit « Marine est ma sœur », et je me suis sentie mieux. J'ai rangé mon croquis avec les autres et sorti mon jeu de cartes avant de les aligner sur le canapé. J'ai joué au solitaire, version trou noir, longtemps, jusqu'à ce que j'aie mal au dos et les yeux qui picotent. Je me rappelais la colonie de vacances où Sanshache m'avait appris plusieurs versions du solitaire pour que je puisse jouer sans lui. Se doutait-il qu'un jour j'aurais besoin de connaître toutes ces versions parce que je serais si seule ?

La porte a claqué. J'ai ouvert les yeux et j'ai vu un soleil matinal briller tandis que Kyle et Nathan couraient dans l'allée avec leur sac à dos en se tapant dessus et se penchant pour ramasser des pierres, des bâtons et toutes sortes d'objets qui pourraient leur servir d'armes.

– Tronche de cake !
– Tête de bite !
– Tu pues du cul !

J'ai trouvé une carte coincée sous mon bras, ce qui voulait dire que je m'étais endormie en jouant. D'autres étaient tombées par terre, certaines étaient sous les draps, toutes froissées. Je les ai réunies avant de les ranger dans leur boîte et discrètement, je suis allée dans la cuisine.

– Je ne vois pas pourquoi elle irait pas au bahut. Sa maison est foutue, c'est ça, faut pleurer, *snif, snif*. En tout cas aujourd'hui, elle vit ici et elle a un toit.

C'était Lexi, debout contre le plan de travail en train de grignoter un morceau de pain. Elle n'a pas daigné changer de conversation en me voyant entrer.

– Elle n'est pas inscrite, a répliqué Billie. Le lycée m'a expliqué que ça ne valait pas le coup pour cette année puisque les cours s'arrêtent dans une semaine.

J'ai traversé la pièce en faisant la sourde oreille pour aller dans la salle de bains avec mon sac à dos. En quoi cela les regardait, que j'aille au lycée ou non ?

J'ai pris une douche en priant pour que les deux filles soient parties quand je sortirais. Ça marchait presque tout le temps. Sauf ce jour-là. Elles attendaient mon grand-père devant la porte d'entrée pour qu'il les accompagne au collège.

– Vaut mieux que tu viennes pas avec nous, m'a lancé Meg en léchant une sucette rouge, la langue et les lèvres toutes roses. On serait gênées. Pas vrai, Lexi ? Tu trouves pas ça trop fort que son prénom soit un prénom de vache ? a-t-elle ajouté en tapotant sur le bras de sa sœur avec sa sucette.

– Arrête, ça colle ! T'as quel âge ?

– Ça suffit, les filles, a lancé Harold, qui arrivait en agitant ses clés. Allez, en route, celle-là, on s'en fiche.

Elles ont poussé la porte en me toisant avec mépris. Heureusement que Harold était arrivé – même si je n'avais eu droit de sa part qu'à un « celle-là » humiliant.

Je suis retournée dans la cuisine. Billie était assise à table avec une tasse de café et lisait un vieux livre de poche dont la couverture représentait un homme à moitié nu enlaçant une femme vêtue d'une longue robe vaporeuse blanche.

– Il y a de la vaisselle sale.

Elle n'avait pas levé les yeux, mais j'étais tellement intimidée que je n'ai pas moufté et j'ai ouvert le robinet d'eau chaude. Pourtant je mourais de faim et il n'y avait aucune raison pour que je nettoie les bols de toute la famille.

– T'as eu l'occasion de parler avec mes petites-filles ?

– Oui, mamie.

Je ne lui ai pas dit qu'elles m'avaient traitée d'orpheline et qu'elles m'avaient demandé de l'argent. En revanche j'ai remarqué qu'elle avait dit « ses » petites-filles. Clay était donc « leur » père. Et Billie, « leur » grand-mère. J'avais beau avoir le même sang, être sa fille à lui et sa petite-fille à elle, j'étais exclue. Maman avait raison, la famille n'avait rien à voir avec le sang. Mais tout avec le cœur. Or il n'y avait pas la moindre place pour moi dans le cœur de ceux qui vivaient ici. Les deux cœurs qui battaient pour moi étaient morts.

Je venais de finir la vaisselle quand Terry est entrée, salissant un nouveau bol. À ce rythme-là, je ne voyais pas comment la vaisselle pourrait jamais être propre et rangée. Je n'allais pas rester plantée toute la journée devant l'évier ! Je n'étais même pas sûre qu'ils remarqueraient si je disparaissais, sauf s'ils voyaient que la vaisselle sale s'accumulait.

– Elle va pas au bahut? a demandé Terry en bâillant.

Billie a grommelé un vague « non » en tournant la page de son roman.

J'ai ouvert deux ou trois placards avant de trouver des céréales et un bol. Je mangeais rarement des céréales mais j'étais si affamée que j'aurais avalé n'importe quoi, et trop mal à l'aise pour demander autre chose et briser une règle qui m'aurait échappé.

– Il paraît que t'as besoin de vêtements, m'a dit Terry pendant que je m'asseyais.

– Oui, et de sous-vêtements.

– J'ai deux ou trois trucs à te donner, si tu veux. De toute façon je rentre plus dans rien, à part mes habits de femme enceinte. Autant que tu les portes. Après le petit déjeuner, on ira voir dans mon placard.

– Merci.

– Clay et Tonette sont rentrés?

– Ouich, a répondu Billie, hier soir, tard.

Terry s'est penchée vers moi en me confiant à mi-voix :

– Tu peux jamais être sûre avec ces deux-là. Des fois ils rentrent, des fois ils rentrent pas. Et des fois ils se retrouvent le cul par terre entre les barreaux.

– C'est arrivé deux fois, Terry, arrête de faire la sainte-nitouche, l'a grondée Billie.

Elle a levé les yeux au ciel comme pour signifier : *T'as vu? C'est grave.*

À vrai dire, je n'étais pas très étonnée. Mon père était un

ivrogne, et finalement j'étais soulagée qu'il nous ait quittées, maman et moi.

Billie a repoussé sa chaise en cornant la page de son livre et Terry s'est levée au même moment ; j'avais intérêt à y aller, mais je ne savais trop que faire. J'aurais bien regardé la télé mais je n'osais pas m'installer dans le salon. En plus Billie ne me l'avait jamais proposé, ni ça ni autre chose. Accueillir ses proches n'était pas son fort.

– La vaisselle ne se fait pas par la bonté du Saint-Esprit, a-t-elle lâché.

Elle a déposé sa tasse dans l'évier et je me suis crispée. Jamais ils n'avaient entendu parler de lave-vaisselle ?

– Quand tu auras récupéré des vêtements chez Terry, tu pourras faire ta lessive. La machine est dans la cave.

Elle est sortie et je me suis retrouvée seule dans la cuisine. Le bébé s'est mis à brailler dans le salon. Je suis allée dans la véranda plier mes couvertures et rassembler mes vêtements sales.

J'ai renvoyé un SMS à Dani. *T'as des nouvelles ?*

Se présente pas très bien.

Dis à ta mère que je dors sur un canapé dans une véranda pourrie. S'te plaît. T'en supplie.

OK, vais insister.

J'ai déposé mon linge sur le canapé quand tout à coup j'ai entendu un cliquetis. J'ai fouillé : c'était le petit chaton en porcelaine que j'avais sauvé du désastre. Le seul objet que j'avais récupéré dans ma chambre. L'unique souvenir de ma vie passée, moi qui avais tellement peur que mes souvenirs s'effacent. J'avais déjà du mal à me représenter le visage de maman avec précision.

J'ai fermé les yeux pour essayer de faire apparaître ses traits. C'était difficile, il y avait trop de détails auxquels je n'avais jamais fait attention. Ses sourcils – je n'avais jamais fait attention à ses sourcils. Et je ne me rappelais même plus de quel côté elle avait une dent légèrement en avant, ni quel côté de sa mâchoire avait un petit grain de beauté.

Comment se faisait-il qu'en ayant été élevée par elle, qu'en ayant passé tous les jours et toutes les nuits à ses côtés, déjà ses traits m'échappaient ? Pourquoi son image était-elle si trouble et si floue ? Combien de temps faudrait-il avant que je l'oublie complètement ?

Tout à coup, j'ai eu une idée. Mon portable. J'avais des photos d'elle dans mon portable. Pourquoi n'y avais-je pas pensé plus tôt ? Vite, je l'ai pris et j'ai ouvert ma galerie de photos, les larmes aux yeux quand j'ai vu apparaître la première – Dani et Jane, dans les bras l'une de l'autre, louchant et tirant la langue devant le casier de Dani au lycée. Je suis passée à la suivante – Jane et moi dans la même pose, puis la suivante, et encore la suivante : mes amis, mes copains du théâtre, des camarades de classe, Kolby exhibant une nouvelle casquette... Tout le monde avait l'air heureux, comme si la vie était une fête permanente. Je caressais leur visage sur l'écran. Je les observais jusqu'à ce que ma vue se brouille. Redoutant de les perdre si je fermais les yeux un quart de seconde. J'ai continué à dérouler... dérouler ma galerie, étonnée par toutes ces photos que je ne me souvenais pas d'avoir prises.

Jusqu'au moment où je me suis figée.

Le dîner d'anniversaire de Marine chez Pizza Pete. C'était une photo prise par Ronnie, avec une pizza géante au pepperoni sur la table en bois. Maman et moi souriions en fixant l'appareil, et Marine faisait sa grimace préférée, gonflant les joues et tirant sur les lobes de ses oreilles avec les deux mains.

Soudain un souvenir s'est imposé : j'étais debout devant le miroir de la salle de bains avec maman et Marine. Maman s'était préparée pour sortir dîner avec Ronnie, et Marine et moi tournions en rond, comme toujours quand ils sortaient. La fête était finie et nous étions incapables de nous amuser sans eux.

J'avais pris Marine dans les bras pour qu'elle se voie dans la glace, et nous regardions maman se farder. Comme elle, on levait le menton, on tendait nos lèvres, ou on tournait la tête pour s'admirer.

– Tu as les yeux de ton père, m'a fait remarquer maman en agitant son mascara.

– C'est vrai ?

– Parfois quand je t'observe, j'ai vraiment l'impression de le voir.

– Et ça ne te fait pas plaisir ?

– Au contraire. C'est un très bel homme. C'est d'ailleurs ses yeux qui m'ont attirée au début.

Elle a refermé son mascara avant de le ranger dans sa trousse.

– Mais aujourd'hui tu le détestes, ai-je dit en pensant : *Comment peux-tu me regarder sans me détester alors ?*

– Je déteste ce qu'il nous a fait. Mais ça n'a rien à voir avec toi. Rien. Je veux que tu te mettes ça en tête. Tu lui ressembles peut-être, mais tu as ta personnalité à toi, qui est formidable.

– Et moi, je ressemble à qui ? a pépié Marine en faisant sa grimace.

J'ai éclaté de rire, quand tout à coup un bruit de pet a retenti et Marine a pouffé.

– Toi, ma chérie, a dit maman en jouant avec ses cheveux, tu es le portrait craché de ton père, qui, je vous le rappelle, les filles, m'attend. Allez, il faut que j'y aille.

Je me souvenais tellement bien de ce moment ! La photo de mon portable était devenue un vrai tableau vivant. J'essayais de ne pas pleurer parce que je n'aimais pas ça, mais j'étais trop émue. Je me rappelle, maman, Marine et moi, on se disputait souvent. C'est normal, ça fait partie de la vie de famille – se traiter de tous les noms, bouder... Combien de fois ça m'était arrivé !

Mais ce ne sont pas ces souvenirs-là qui m'assaillaient. Ceux qui me revenaient en mémoire étaient pires, car c'étaient des images de douceur, de complicité, d'amour. Ce qui me faisait souffrir, c'étaient ces instants-là. Les plus cruels.

J'ai quitté ma galerie et rangé mon portable. Je ne voulais plus voir ces photos. J'ai essuyé mes larmes en pensant au sac de Marine ; j'avais envie de dessiner un portrait d'elle en train de faire une grimace devant la glace avec la légende : « Marine est le portrait craché de son papa. »

Je n'avais pas fait un geste quand soudain la porte s'est ouverte et j'ai aperçu une paire de chaussettes pelucheuses et un bas de jeans froissé couvert de boue : c'était Clay, torse nu, une bière en main et rotant bruyamment. Il est entré en laissant claquer la porte et il a tiré une chaise pliante qu'il a posée devant le canapé.

– Alors, c'est toi, Jersey ? m'a-t-il lancé avec une fausse nonchalance, comme si j'étais une fille qu'il rencontrait dans un bar.

Je me suis redressée, comme pour me protéger, mais je ne savais pas de qui ni de quoi. Et puis j'avais honte parce que le canapé était couvert de sous-vêtements et que je pleurais. *Pourvu que ça ne se voie pas ou qu'il ait trop bu pour s'en rendre compte*, pensais-je.

– Tu as beaucoup changé.

Je me suis retenue pour ne pas hurler : *Sans blague ! Je ne suis plus une mioche, c'est ça ?*

– Tu ressembles à ta mère.

– Elle m'a toujours dit que je te ressemblais, ai-je marmonné en caressant le ventre de mon petit chat de porcelaine avec le pouce.

– Ça, c'est la meilleure ! Alors, c'est peut-être vrai que t'es ma fille. De toute façon, ta mère était une excitée.

– C'est-à-dire ?

– J'étais pas le seul qu'elle... fréquentait à l'époque, si tu vois ce que je veux dire. Disons simplement qu'il y avait des doutes sur l'identité de ton père.

Il avait prononcé le mot en insistant sur les syllabes, i-den-ti-té.

Je n'étais pas sûre de comprendre ce qu'il insinuait. Que je n'étais pas sa fille ? Que maman couchait à droite et à gauche ? En tout cas, c'était loin d'être la mère que j'avais connue. Elle m'avait toujours dit qu'on formait une famille, maman, Clay et moi, mais que c'est lui qui n'avait pas été fidèle à son engagement.

– Je ne comprends pas, ai-je répondu. Elle ne m'a jamais rien dit de tout ça. Elle était trop occupée à garder la tête hors de l'eau. Jusqu'à ce qu'elle rencontre Ronnie.

Il a brandi sa bière en se défendant :

– Ce connard, j'aimerais bien lui faire sa fête. Le mec t'envoie ici comme un objet trouvé, un manteau que j'aurais oublié de rapporter chez moi seize ans plus tard. Et il m'entube, moi et ma famille, parce qu'il a pas le courage de s'occuper de toi. Alors explique-moi, c'est quoi le problème ? T'es une emmerdeuse, c'est ça ?

– Non... Il...

Je n'ai pas eu la force de continuer. Je n'avais aucune excuse pour défendre Ronnie.

– Il voulait plus de toi, c'est ça ?

Il avait fini la phrase pour moi, et même si l'idée était difficile à supporter, c'était la vérité. Ronnie ne voulait plus de moi.

– Si je comprends bien, a poursuivi Clay, l'année prochaine tu seras en terminale, et après tu voleras de tes propres ailes. Je peux t'entretenir un an, faut croire, du moment que tu me causes pas d'emmerdes. Pas de gosses, pas de dope, pas d'embrouilles. Mais après le lycée, faudra que tu te barres. J'ai aucune envie de retrouvailles à long terme, et personne dans cette baraque n'en veut non plus.

Il a bu une gorgée avant d'écraser sa canette dans la main en rotant.

– Faut que tu piges un truc : les deux filles que t'as vues, elles sont prioritaires, c'est clair ? Tu boxes pas dans la même catégorie. Je sais que c'est dur à entendre, mais c'est comme ça. J'suis honnête avec toi, au cas où t'aurais des grandes idées sur la justice. Parce que la justice, elle a quitté les lieux il y a seize ans. Comme Elvis. (Il a gloussé en pensant à son jeu de mots[1].) Je suis désolé pour ce qui s'est passé, ça n'avait rien à voir avec toi, mais y a un moment où c'est trop tard.

---

1. Allusion à une phrase qui clôturait les concerts d'Elvis Presley : « Elvis a quitté le bâtiment », pour mettre fin aux applaudissements et aux rappels. (NdT.)

La porte s'est ouverte et Tonette est entrée en traînant les pieds dans une paire de sandales compensées turquoise. Elle avait les cheveux trempés et les seins qui pendaient sous un T-shirt moulant affichant un crâne pailleté sur sa poitrine.

Elle nous a jeté un regard amusé avant de tendre une bière à Clay et d'en ouvrir une pour elle.

– T'es plus ronde que ce que je pensais, m'a-t-elle lancé en me déshabillant du regard avant d'éclater de rire, les lèvres pleines de bière et de gloss mêlés.

J'étais cramoisie.

– Je ne suis pas grosse.

J'essayais de me défendre sans me montrer grossière. J'ai baissé les yeux en caressant le ventre de mon chaton, cette fois-ci avec les deux pouces.

– Pas la peine de pleurnicher. On n'a pas toute une taille mannequin. En plus, Clay m'a dit que ta mère était du genre épaisse, alors tout s'explique.

– Qu'est-ce que c'est que ça? m'a demandé Clay en apercevant le chaton.

J'ai eu le réflexe de chercher à le cacher, ce qui était idiot.

Il m'a tendu la main et je le lui ai donné, impatiente de voir un regard reconnaissant sur son visage.

– Six? Pourquoi six?

– Six comme six ans.

Il ne pouvait pas ne pas comprendre. Il a couiné en le remettant à Tonette.

– Parce que t'as six ans maintenant?

– Non, mais c'est le seul que j'ai retrouvé. Tous les autres étaient cassés.

– Les autres quoi?

– Les chats, crétin, a répliqué Tonette en lui frappant le biceps avec le chat avant de me le rendre. Elle devait en avoir une collection.

– Oui. C'est toi qui m'en envoyais un tous les ans pour mon anniversaire.

– Moi ?

– C'est vrai ? a demandé Tonette comme si elle n'était pas au courant, soudain exclue.

– Pas du tout, a répondu Clay.

Il jouait la comédie pour qu'elle n'enrage pas. Il me les avait sûrement envoyés en douce, mais il ne pouvait pas le reconnaître devant elle sans qu'elle l'accuse d'une trahison qui durait depuis seize ans.

– Ça m'étonnerait que ce soit moi qui t'aie envoyé ces trucs. Sûrement que c'est ta mère, en prétendant que ça venait de ma part.

– Mais ils arrivaient par la poste. Je les ouvrais moi-même. Devant maman.

– Peut-être que c'était un soupirant secret, en tout cas je peux te dire que c'est pas moi. Putain, si ça se trouve, ils venaient de ton vrai père.

– C'est toi, mon vrai père…

Il avait semé le doute dans mon esprit. Et si Clay avait raison à propos de maman ? Si elle avait eu d'autres… ? Si l'un d'eux était mon père ?

Bien sûr que non. Comment le croire ? Il mentait comme il respirait, surtout quand il s'agissait de maman.

– J'sais pas qui te l'a offert, mais t'as intérêt à le cacher. Si les lardons de Terry le voient, ils vont s'en servir pour jouer au base-ball, a renchéri Tonette.

– D'accord.

Comme par hasard, Terry s'est pointée à la porte juste à ce moment-là, avec son bébé dont le T-shirt était plein de bave, un Cheerio collé sur le menton.

– Tu viens ?

Je me suis levée en rangeant mes vêtements dans mon sac à dos et mon chat dans la pochette à fermeture éclair, bien à l'abri.

– Fais chier, Terry, tu vois pas que je suis en train de faire connaissance avec ma gosse ?

Il a éclaté de rire avec Tonette dont le ventre rebondissait sous son T-shirt trop serré, et tous deux ont bu une lampée de bière au goulot.

J'ai suivi Terry en les abandonnant, cramponnée à mes rares affaires.

16

– Tu sais, je pense à ta maman, m'a confié Terry en sortant un short en jeans – ultra-court – pour l'inspecter.

Elle était debout devant le placard de sa chambre grand ouvert en train de me lancer une série de shorts et de chemises sur le lit. Vu le style de ses vêtements, je ne serais pas vraiment à la mode, mais au moins je pourrais me changer.

– S'occuper seule d'un gamin, c'est pas de tout repos. J'avoue que l'idée qu'il m'arrive un pépin et que mes gosses se retrouvent privés de moi me terrifie.

Était-ce aussi ce que maman redoutait ? Avait-elle jamais soupçonné que si quelque chose lui arrivait, Ronnie se défilerait ?

– Heureusement que tu as un père, si tant est que tu puisses compter sur lui.

– Tout à l'heure il m'a dit qu'il n'était pas mon vrai père.

– Ne l'écoute pas. C'est pour éviter de culpabiliser en pensant à la séparation. C'est l'humour de la famille. Ton grand-père le charrie souvent en lui répétant qu'il n'est peut-être pas ton père. C'est Harold tout craché. Il ne croit à rien tant qu'il n'a pas la preuve devant les yeux. C'est le genre sceptique. Bien sûr que Clay est ton père.

– Et s'il ne l'était pas ?

– En tout cas, au moins tu as un toit où t'abriter.

Pour l'instant ce n'était vraiment pas ce qui m'importait. Les gens ont besoin d'autre chose que d'un toit au-dessus de la tête. Ils ont besoin d'amour.

– Maman me manque... Je n'ai pas pu lui dire au revoir.

Elle m'a jeté un regard plein de compassion.

– Quand elle était mariée à Clay, j'étais très proche d'elle, tu sais.

– Ah bon ?

– Je n'ai jamais compris qu'une fille comme elle s'entiche d'un mec pareil. Elle était douce, et très intelligente.

Elle m'a jeté deux ou trois vêtements supplémentaires en me disant d'aller essayer le tout dans la salle de bains avant de lui rendre ce qui ne m'allait pas. Mais je n'avais pas envie de bouger. Pour la première fois depuis le départ de Kolby, j'avais quelqu'un qui était de mon côté et s'intéressait à moi.

– Tu pourrais m'accompagner à l'enterrement ?

– Ils ne l'ont pas encore enterrée ?

– Non, mais j'ai essayé d'appeler mon beau-père pour savoir quand l'enterrement a lieu. Quand j'aurai la date, tu pourras m'accompagner ?

Elle a jeté un œil inquiet sur le berceau du bébé, sans doute effrayée à l'idée d'avoir à conduire trois heures jusqu'à Elizabeth. Mais elle a fini par acquiescer :

– Il faudra que je m'organise pour que maman surveille Nathan et Kyle ; mais d'accord, je t'accompagnerai. Il faut que tu dises au revoir à ta mère et ta sœur. Ton beau-père n'aurait pas dû t'envoyer ici aussi vite.

J'ai dû me retenir pour ne pas me jeter dans ses bras. Et quand je suis sortie de la pièce, j'avais l'impression de flotter. J'ai essayé tous les vêtements. Tant pis s'ils étaient démodés et si j'aurais eu honte de les porter devant mes copines.

Je suis descendue à la cave où j'ai repéré une vieille machine et un séchoir dans un coin envahi de toiles d'araignée.

Je n'avais jamais beaucoup aimé les caves, et encore moins depuis que j'avais été obligée de dormir deux nuits successives dans la mienne à cause de la tornade. Heureusement, la conversation avec Terry m'avait fait du bien, et je préférais encore la cave à la maison où je risquais de tomber sur Billie scotchée devant la télé en picorant des pop-corns dans un grand bol en plastique vert, ou pire, sur Clay et Tonette en train de se crêper le chignon dans la cuisine, ou de s'envoyer en l'air dans leur vieille voiture au bout de l'allée.

J'avais presque fini de plier mon linge quand j'ai entendu les deux garçons entrer en trombe en hurlant, suivis par mes deux demi-sœurs avec leurs voix stridentes et geignardes. J'ai essayé d'écouter ce qu'elles disaient, mais j'entendais mal. J'ai fini de ranger mon linge dans le panier, quand soudain l'ampoule a grillé.

J'ai serré le panier contre moi, paniquée, le bruit des sirènes me revenant brusquement en mémoire et résonnant contre les parois de mon cerveau. Le vent fouettait les fenêtres sales et dégoulinantes de pluie, et j'ai sursauté, prête pour la prochaine bourrasque, ou la suivante, et encore la suivante...

Je me suis concentrée en tâchant de me dominer et de ne pas paniquer. Une ampoule qui grillait, c'était pas grand-chose. Ça arrivait tout le temps et ça n'était le signe avant-coureur de rien.

J'ai déposé le panier et j'ai avancé vers l'escalier en tâtonnant pour remonter et demander à Billie où était sa réserve d'ampoules. Je préférais la remplacer moi-même pour être sûre d'en avoir une neuve quand je redescendrais. Et ma grand-mère serait ravie que je m'en charge.

Je suis arrivée en haut de l'escalier, mais la porte ne s'ouvrait pas.

– Il y a quelqu'un? (La poignée tournait mais le battant était bloqué.) Il y a quelqu'un? j'ai répété en donnant des coups de poing.

J'ai cru entendre un bruissement : et si c'était le souffle d'une tempête qui menaçait?

J'ai tâtonné pour essayer de trouver un interrupteur, jusqu'au moment où je me suis rappelé qu'il était dans la cuisine, juste devant la porte qui ouvrait sur la cave. L'ampoule était en parfait état : quelqu'un avait volontairement éteint.

– Il y a quelqu'un?

Cette fois-ci j'ai hurlé. Je sentais comme de l'électricité dans l'air et j'avais l'impression d'avoir du coton dans les oreilles, prêtes à exploser. J'étais persuadée que j'allais mourir, emportée par la tempête.

Enfin, j'ai entendu quelqu'un. Qui gloussait. J'ai tourné la poignée en poussant, poussant, de plus en plus fort. La porte s'est entrouverte avant de se refermer brusquement sous la pression d'un poids.

– Lexi ? Meg ? Arrêtez ! Laissez-moi sortir !

Mon cœur palpitait, je n'arrivais pas à m'adapter à l'obscurité. Et si c'était une chaise ou truc coincé derrière la poignée ?

– Laissez-moi sortir !

J'ai poussé encore plus fort, la porte s'est ouverte, quand soudain, *clac*, elle s'est refermée. Les sirènes hurlaient dans ma tête et je commençais à avoir le vertige.

– Laissez-moi sortir !

Le soleil a dû disparaître derrière un nuage car la cave a été plongée dans le noir complet. J'ai appuyé l'épaule contre la porte en poussant de toutes mes forces jusqu'au moment où elle a cédé et j'ai été aveuglée par la lumière de la cuisine. La poignée s'était encastrée dans le mur et le fracas a résonné dans la maison. Toute la famille s'est précipitée dans la cuisine.

Lexi était devant le four, la main sur la bouche, comme quelqu'un qui vient de piquer un fou rire, à côté de Meg, et j'étais là, hagarde, les deux bras devant moi comme une idiote.

– Qu'est-ce qui se passe ? a hurlé Clay en s'adressant à Lexi.

Elle a pointé le doigt sur moi et il m'a balancé d'un air furieux :

– Qu'est-ce que c'est que ce cirque ?

– Les filles m'ont enfermée dans la cave en éteignant la lumière.

Puis ce fut au tour de Billie, s'interposant entre nous pour savoir laquelle il fallait punir, suivie par Harold qui s'est précipité sur la porte.

– Y a un putain de trou dans le mur ! s'est-il exclamé. Le papier peint est arraché.

– Je suis désolée. J'ai paniqué, il faisait complètement noir.

– Tu as peur du noir ? m'a demandé Tonette en roulant des yeux. T'as quel âge, cinq ans ?

– Non, mais la tornade...

– Ça y est, c'est parti pour la tornade ! Pauvre Clay, ta gosse a trop souffert, c'est ça !

– Arrête de me crier dessus !

– Pardon, ai-je murmuré en m'adressant à mon père. C'est les filles qui m'ont enfermée dans la cave.

– C'était pour rigoler, s'est défendue Lexi sur un ton innocent qui m'a rendue folle de rage.

– Je te préviens, tu vas me réparer ce mur, Clay, a rouspété Harold. Va falloir remplacer le papier peint dans toute la pièce !

– Y a toujours un truc qui ne va pas ici, a dit Billie avant de filer.

La tension était trop forte pour elle.

Clay écumait de rage, jusqu'au moment où il a levé les yeux au ciel en hurlant :

– Fils de pute !

Son corps semblait hésiter à aller dans un sens ou un autre, quand soudain il a tourné les talons et fichu le camp.

Lexi et Meg, les garces, me regardaient, mais elles n'en menaient pas large, à tel point que je me suis demandé si elles avaient souvent à affronter ce genre de crise et si c'était pour ça qu'elles avaient besoin de me provoquer. Soit elles ne pouvaient pas me voir en peinture, soit elles en profitaient pour détourner l'attention de Clay sur moi.

– Bravo, pauvre petite orpheline, m'a lancé Meg avec un sourire narquois.

Je suis sortie sans répondre, abandonnant mon linge au sous-sol. Oubliant Meg, Lexi, le trou dans le mur et mon grand-père en colère. Oubliant tout et ne pensant plus qu'à une chose : partir.

17

J'ai foncé dans la véranda et pris mon sac à dos en tremblant, poursuivie par le hurlement des sirènes. J'étais furieuse d'avoir été humiliée par ces deux greluches. Furieuse d'avoir paniqué. Furieuse de devoir rester ici. Il fallait que je m'en aille.

J'ai appelé Ronnie. Pas de réponse. J'ai laissé un message.

– Ronnie...

Je n'ai pas pu continuer. Comme Marine, petite, quand elle tombait et se blessait. On savait si c'était grave à la qualité de ses pleurs. Si elle éclatait tout de suite en sanglots, ce n'était rien, elle se relevait et deux secondes plus tard elle débarquait la bouche en cœur. En revanche, s'il y avait un silence – surtout un long silence – c'était mauvais signe parce que cela signifiait qu'elle retenait ses larmes, et à peine reprenait-elle sa respiration qu'elle éclatait en sanglots.

J'étais dans le même état, retenant mes larmes, suffoquant, obligée d'attendre pour pouvoir reprendre mon souffle et finir mon message :

– Ronnie, s'il te plaît. S'il te plaît, reprends-moi avec toi. Ici tout le monde me déteste. Ils sont atroces, ils font tout pour que je parte, j'ai peur. S'il te plaît, Ronnie. Je sais que maman n'aurait pas aimé que je vive ici. Elle aurait voulu que je reste avec toi. S'il te plaît, laisse-moi au moins revenir pour l'enterrement. Dis-moi quand il a lieu. J'ai trouvé quelqu'un pour m'accompagner. Tu n'as pas besoin de venir me chercher.

Sa messagerie a émis un cliquetis signalant que j'avais dépassé le temps imparti et j'ai failli rappeler. Laisser le même message, deux fois, trois fois, jusqu'à ce qu'il cède, comme Marine. Il finissait toujours par lui céder.

Et puis non, j'ai préféré appeler Dani.

– Salut Jers ? Quoi de neuf ?

Je n'ai pas pu m'empêcher de renifler. J'aurais voulu avoir l'air heureuse, contente de l'entendre, mais j'avais des sanglots dans la voix. À l'inverse, elle avait un ton parfaitement naturel et poursuivait sa vie normale, c'était trop injuste. Non seulement elle me manquait, mais je rêvais de retrouver ma vie d'avant.

– Salut...

– Ça va ? T'as une petite voix.

– Non, ça ne va pas trop fort.

– Qu'est-ce qui se passe ?

– Je déteste cet endroit. Je veux rentrer à la maison.

C'était ridicule. Je n'avais plus de maison...

– À ce point-là ?

Je lui ai tout raconté : Meg et Lexi, Clay qui m'annonçait qu'il n'était pas mon père, Tonette qui me disait que j'étais grosse, les filles qui m'avaient enfermée dans la cave...

– Je n'arrête pas d'essayer d'appeler Ronnie, mais il ne répond pas. Tu as demandé à ta mère si je pourrais venir vivre chez vous ?

Elle ne m'a pas répondu, et je l'imaginais en train de tripoter une mèche de ses cheveux auburn avec un air soucieux avant de m'annoncer une mauvaise nouvelle.

– Elle en a parlé à Ronnie, Jers, mais il ne va pas très bien. Maman m'a dit qu'il était dans un sale état et qu'elle regrette, mais elle ne peut pas te prendre en charge parce qu'elle n'a pas de lien légal avec toi. Elle ne veut pas s'engager dans une démarche pour devenir, genre, tuteur. Elle pense que tu vas t'habituer, même si ça prend du temps. Elle dit que vivre chez ton père est la meilleure solution pour toi.

– On voit qu'elle ne le connaît pas, ai-je répondu, en colère. C'est un sale alcoolo. En plus il est méchant. Il me gueule dessus et il devient tout rouge. Il me fout la trouille. C'est un mec violent. Dis-lui ça à ta mère. Dis-lui que je dors à l'extérieur et que toute la nuit j'entends les cris des coyotes. Je te garantis qu'ici personne ne va se battre pour devenir mon tuteur parce que personne ne veut de moi.

– Tu exagères peut-être un peu, m'a répondu Dani, mal à l'aise. Je sais que c'est dur de se faire traiter de tous les noms, mais tu n'es quand même pas en danger, non ?

– Tu ne comprends pas. Tu ne sais pas ce que c'est que d'être obligée de vivre dans une véranda. Tu as... *Tu as une mère,* pensais-je.

– C'est vrai, tu as raison, je suis désolée pour toi, Jers, vraiment. Peut-être qu'elle va changer d'avis, je vais lui redemander.

– Merci, c'est sympa. Au fait, vous avez de nouveau de l'électricité ?

– Chez nous, oui, hier soir. Heureusement, parce que tous les téléphones étaient déchargés. Et puis on a l'air conditionné, Dieu merci, parce que aujourd'hui c'est monté à trente degrés au moins. Mais tout le monde ne l'a pas encore. Il paraît qu'il faudra encore une semaine pour qu'elle soit rétablie partout. Remarque, au sud de la ville, c'est pas grave. L'électricité ne sert à rien quand tu n'as plus de maison, non?

J'ai pensé à la nôtre. À Ronnie qui devait être en train de la reconstruire et s'apprêtait à y vivre seul.

– Et Jane? Tu as des nouvelles?

– Oui et non. Josie Maitlin m'a dit que sa maison a été rasée, comme la tienne. Elle n'est pas sûre, mais il paraît qu'elle est partie à Kansas City où elle a de la famille.

J'étais soulagée. Josie Maitlin était une source de ragots inépuisable, mais pour une fois elle avait une bonne nouvelle à faire circuler.

– Et elle s'en est sortie?

– Josie a entendu dire qu'elle a été blessée, mais elle n'est pas sûre. Tu sais, personne n'est sûr de rien. Chacun répète ce qu'il entend. Il y a des gens qui se retrouvent tous les jours à la bibliothèque pour échanger des nouvelles parce que là-bas ils ont de l'électricité, des ordinateurs et tout. Hier je suis tombée sur deux types du club de théâtre. Tu n'imagines pas les cris de joie!

J'ai eu la gorge serrée, j'aurais tant aimé être avec eux! La mère de Dani avait tort – j'avais besoin de mes amis, pas de Clay, ce père alcoolique.

On a parlé encore un peu alors que les moustiques, arrivés à la tombée de la nuit, ne cessaient de me tourner autour. J'avais faim mais je n'étais pas certaine d'être bienvenue pour dîner avec les autres. Dani devait aussi aller dîner et au dernier moment elle m'a lancé :

– Un dernier truc.

– Quoi ?

– Ça ne va pas te faire plaisir.

– Dis-moi !

– Bon. Ronnie... c'est ce que maman m'a dit... pense que ce serait trop dur pour toi d'assister à l'enterrement.

– Comme s'il ne me faisait pas déjà suffisamment souffrir. Et puis quoi encore ? Il pense que je vais oublier que maman et Marine sont mortes ?

– Je ne sais pas. Maman a essayé de lui expliquer que ce serait une erreur, mais il pense que tu as assez souffert, et il ne changera pas d'avis.

– Tant pis pour lui. J'ai trouvé quelqu'un pour m'accompagner et il ne pourra pas m'empêcher d'y aller. C'est quand ?

Une longue pause a suivi. Je n'avais pas besoin que Dani réponde, je savais ce qu'elle allait m'annoncer. Sauf qu'au moment où elle a repris la parole, j'ai cru que j'allais m'évanouir.

– C'était cet après-midi.

Elle a continué à parler – des fleurs, de la foule, de qui connaissait qui – mais j'étais ailleurs...

Maman et Marine étaient mortes, enterrées, et je n'avais pas pu leur dire adieu.

– Tu m'entends ? Je suis navrée, Jersey. Je voulais te prévenir mais maman me l'a interdit. Elle estime que c'est pas notre rôle.

– Il faut que je raccroche...

Je n'en revenais pas : ma meilleure amie n'avait pas osé me prévenir parce que ce n'était pas son « rôle ». À quoi ça rimait cette histoire de « rôle » quand il s'agissait d'une mère qu'on venait de perdre? À rien. Son «rôle», c'était d'être là pour son amie.

– Je t'appelle si maman change d'avis, d'accord?

– Ouais... Mais je ne sais pas combien de temps de communication il me reste. Personne ne va me payer mon forfait, ça c'est clair.

– Ne t'inquiète pas, Jers, on va se débrouiller.

Elle parlait de mon portable? de l'enterrement? de maman? de quoi? J'ai dit d'accord et j'ai raccroché, brisée, abasourdie.

Au dernier moment, j'ai appelé Jane, mais elle ne répondait pas, comme d'hab.

– Salut Jane, c'est Jersey. Je voulais te donner des nouvelles et te dire que je suis à Caster City, chez mon père. Maman et Marine ont disparu dans la tornade et mon beau-père est dans un sale état. Il paraît que tu es à Kansas City et que tu es blessée. J'espère que tu vas bien quand même. Appelle-moi quand tu peux. Je ne suis pas sûre d'avoir un portable pour très longtemps encore. Je pense souvent à toi.

Pourvu qu'elle me rappelle avant que ce soit trop tard. J'avais l'impression que ça allait être pareil avec tous les gens que je connaissais – je ne pourrais pas leur dire au revoir. Au début ils se demanderaient comment j'allais, mais avec le temps ils penseraient de moins en moins à moi. Ils vivraient leur vie. Finiraient par m'oublier. Loin des yeux, loin du cœur...

C'est dur de perdre les personnes qui vous sont chères. Ça arrive à tout le monde, cela dit. Mais les perdre parce que peu à peu vous disparaissez...

Non, je ne voulais pas disparaître peu à peu.

J'ai appelé Kolby. J'avais besoin de parler avec lui. De le remercier d'avoir été auprès de moi quand j'avais tout perdu. D'entendre sa voix.

– Allô ?

J'ai eu un mouvement de recul. Ce n'était pas Kolby, c'était sa petite sœur.

– Tracy ?

– Oui ? C'est qui ?

– C'est Jersey. Est-ce que Kolby est là ?

– Non.

– Tu sais quand il rentre ?

J'ai entendu un cliquetis, suivi par le bruit étouffé d'un mouvement lointain. J'ai cru reconnaître la voix de sa mère qui s'éloignait, jusqu'au moment où j'ai entendu la respiration de Tracy.

– Non, il est à l'hôpital.

– Quoi ? Pourquoi ? Qu'est-ce qui s'est passé ?

– C'est pas trop grave, je crois qu'il a, genre, une infection au bras. Le docteur a parlé d'une mycose et il voulait vérifier qu'il ne risque rien. En tout cas, c'était pas beau à voir.

J'avais des remords. Je l'appelais pour le remercier de m'avoir tenu compagnie au cours de ces deux journées, mais il était hospitalisé parce que je n'avais pas été fichue de le soigner correctement.

– Tu crois que ça va aller ?

– Oui, tu connais Kolby, il est costaud.

– Bon, je rappellerai. Dis-lui que je pense à lui.

– D'accord. Salut, Jersey.

J'ai raccroché en réfléchissant à la façon dont chacun avait été affecté par la tornade. J'avais tout perdu. Jane était injoignable. Kolby était à l'hôpital. Dani se portait comme un charme. C'était n'importe quoi, je ne comprenais plus rien.

J'ai pris un chewing-gum dans le sac de Marine en pensant au nombre de fois où je l'avais traitée de peste, où je lui avais fait sentir qu'elle n'était pas la bienvenue, que je n'avais pas envie de la voir... exactement ce que je vivais aujourd'hui. Ne pas se sentir désirée, c'est ce qu'il y a de pire. Si je devais passer un dernier moment avec Marine, je la rassurerais en lui disant que je l'aimais. Que ce n'était pas une peste. Que c'était ma petite sœur adorée et je tenais à elle comme à la prunelle de mes yeux.

Aucune image précise ne me venait à l'esprit, du coup j'ai simplement écrit « Marine n'est pas une peste », et j'ai rangé le petit bout de papier alu avec les autres, contente de les voir rassemblés dans ma pochette à fermeture éclair, brillant comme pour me dire qu'ils étaient heureux.

J'ai pris le rouge à lèvres de maman et je l'ai ouvert pour sentir son parfum cireux. Maman l'avait donné à Marine comme ça, un jour, sans raison.

– Marine, tiens, je trouve que cette couleur ne me va pas très bien, ça te ferait plaisir de l'avoir ?

Je ne portais pas de rouge à lèvres et maman le savait, mais Marine, elle, adorait se maquiller. Elle aurait fait n'importe quoi pour avoir l'air d'une grande. Ce jour-là elle était assise au bout du canapé, et elle s'est redressée en sortant son pouce de sa bouche et en criant, main tendue :

– Merci !

Maman a délicatement posé le rouge dans sa main en l'avertissant :

– Dans la maison, mais pas ailleurs, d'accord ?

– Oui, maman. Ça sera pour les occasions spéciales, promis.

Elle a ouvert le rouge en scrutant l'intérieur du tube puis elle a foncé le ranger dans son sac. Elle ne l'avait jamais porté. Pas une seule fois. Elle le gardait pour les grands jours.

Quelque temps après, je lui avais demandé pourquoi elle ne s'en servait jamais.

– Parce que je le garde pour les occasions spéciales. Et j'adore quand il est bien taillé.

Je savais ce qu'elle voulait dire. Elle aimait la façon dont le bout du bâton formait un angle bien net. Elle aimait son côté parfaitement lisse et neuf.

J'ai pris le rouge, je l'ai appliqué avant de serrer les lèvres pour l'égaliser, et vite, je l'ai refermé. J'avais peur de perdre le parfum de maman si je le laissais trop longtemps ouvert. J'avais déjà l'impression que son visage s'estompait dans ma mémoire, et je ne pouvais pas me permettre de perdre d'autres souvenirs d'elle. Je me suis léché les lèvres parce que j'aimais bien sa texture douce, son goût...

J'ai pris mes cartes pour faire une partie de solitaire, version caméléon, et j'ai joué jusqu'à ce qu'il fasse nuit noire – hormis le reflet bleuté de la télévision qui venait du salon. Puis je suis allée sur la pointe des pieds jusqu'à la salle de bains, et c'est en revenant, au moment où je passais par le salon, que la voix de Billie a retenti au-dessus des rires préenregistrés d'une sitcom.

– Si tu crois que tu vas t'en tirer sans faire la vaisselle à cause de cette histoire de porte, tu te trompes.

Je me suis glissée dans la cuisine où l'évier débordait de vaisselle sale. On aurait dit qu'il y avait eu un banquet. J'ai ouvert le robinet d'eau chaude avec la petite voix de Marine qui chantait dans son bain : *Un poisson au fond d'un étang, qui faisait des bulles...*

Je me suis fait une note mentale pour ne pas oublier de dessiner Marine dans son bain avant d'oublier les paroles.

Une fois la vaisselle finie, j'ai ouvert le frigidaire pour voir ce qu'il y avait. Pas le moindre reste. Tant pis, je me suis fait un sandwich avec des tranches de concombre. Ils ne pouvaient quand même pas me laisser mourir de faim.

J'étais assise à table quand j'ai entendu un bruit de pas dans l'escalier en bois de la cave. C'était Terry, qui remontait le panier que j'avais laissé en bas.

– Tiens, c'est ton linge, m'a-t-elle annoncé en posant le panier sur la table.

– Merci beaucoup.

– J'ai appris ce qui s'était passé cet après-midi.

Elle s'est assise avant de continuer :

– Clay est furieux parce qu'il a du taf ! Ne t'inquiète pas, ça ne lui fait pas de mal.

– Je voulais juste sortir de la cave. J'ai paniqué. Je sais, c'est ridicule.

– Pas du tout. Je comprends parfaitement. N'écoute pas ce qu'ils disent. Quant à Lexi et Meg, elles sont jalouses.

– Jalouses ? De moi ?

Mais qu'est-ce que j'avais qui pouvait les rendre jalouses ? Elles étaient plus jolies que moi, elles avaient leur mère, leur père, et tout le monde – sauf Terry, sans doute – leur mangeait dans la main, leurs si jolies petites mains.

– Elles se sentent menacées par toi. Elles ont peur que tu leur voles leur père.

– Personne ne veut de moi ici.

– C'est vrai, mais elles changeront peut-être. On ne sait jamais. Les gens ont des réactions inattendues.

Jamais elles ne changeraient. Au contraire, elles se débrouillaient pour ignorer complètement mon existence. Jamais personne ne me voudrait du bien dans cette famille.

– Bon, il faut que j'aille me coucher. Au fait, tu as fini par avoir la date de l'enterrement ? Ça doit être bientôt, non ?

– Non. Il a déjà eu lieu.

– Oh ! Je suis désolée, vraiment.

Gênée, elle a abandonné et filé du côté de sa chambre.

J'ai fini mon sandwich en silence, maudissant ce « Je suis désolée » qui semblait résumer toute ma vie.

J'ai nettoyé mon assiette et je suis allée enfiler un des pyjamas de Terry avant de m'asseoir au bord du perron, comme le toutou de la famille, avec mon panier à linge. Il faisait bon, c'était une nuit d'été fraîche et vivifiante. J'ai pris chaque vêtement propre que j'ai roulé serré avant de le ranger dans mon sac à dos et j'ai remisé le tout dans ma petite cachette, derrière le canapé, à côté du sac de Marine. Puis je me suis blottie sous mes couvertures en écoutant les bruits de la nuit, les criquets, les cigales, les grenouilles, les chiens qui aboyaient, et en essayant d'oublier ma nouvelle vie.

Personne ne viendrait me sauver. Personne ne me protégerait. Je ne pouvais compter que sur moi-même.

18

Plusieurs semaines ont passé et peu à peu j'ai trouvé mon rythme. Me lever, prendre ma douche, m'habiller, faire la vaisselle, petit-déjeuner. Sortir, faire mon lit, jouer aux cartes, rêver en pensant à Marine et à maman, et me faire la plus discrète possible jusqu'à la nuit tombée en espérant que personne ne viendrait m'ennuyer une fois endormie.

Ignorer mes demi-sœurs.

Ignorer mon père et ma belle-mère.

Ignorer les grognements et les ordres de mes grands-parents.

Ignorer, ignorer, toujours ignorer.

Heureusement, j'ai fini par accumuler une jolie série de papiers de chewing-gums.

« Les cheveux de Marine rebondissent quand elle court. »

« J'ai décidé d'appeler Marine *Petite Pointe* parce qu'elle marche sur la pointe des pieds. »

« Marine sait tout sur les dauphins. »

« Les yeux de Marine brillent quand elle danse. »

« Marine est une princesse de velours orange et noir. »

« Marine chante dans son bain. »

« Marine a un faible pour les sucettes rouges. »

« Marine fait du roller. »

« Marine a de super longs cils. »

Chaque papier correspondait à un souvenir si précis, si irrésistible, que chaque fois il me fendait le cœur. L'idée que je n'avais jamais pu leur dire au revoir, ni à elle ni à maman, me hantait, je me recroquevillais mentalement en y pensant. J'avais arrêté de consulter mon portable pour voir si j'avais des SMS. Arrêté d'appeler Dani. Arrêté de m'interroger sur la vie de Ronnie ou de quiconque à part moi. Ronnie avait pu dire au revoir à maman et à Marine, il souffrait donc moins que moi.

J'avais fait de mon chagrin un objet qui n'appartenait qu'à moi. Un objet presque physique, affreux, que j'emportais partout au fond de moi.

– Salut !

C'était un matin, j'étais assise sur mon canapé et je regardais le vide à travers mes cheveux mouillés en jouant avec la peau de mes pieds ramollie par la douche. La porte-moustiquaire s'est ouverte, lentement, et Terry est entrée avant de s'asseoir sur la chaise pliante que Clay avait apportée le soir de mon arrivée. Personne n'avait jamais pris la peine de la remettre à sa place.

– Ça fait longtemps que je ne suis pas venue te parler, Jersey. Comment ça va ?

Elle était cernée par un halo mauve dû à la lumière qui s'était imprimée sur ma rétine quand elle avait ouvert la porte.

– Pas super.

– Tu as vu ton père ?

– Non.

Je l'évitais, non seulement lui, mais Tonette, surtout depuis le jour où elle m'avait enguirlandée parce que j'avais « piqué le dernier hamburger » un soir où je voulais dîner avec la famille.

– J'parie que t'as même pas pensé que les autres aussi avaient la dalle ! avait-elle hurlé.

Pourquoi faudrait que je pense aux autres ? Qui pense à moi ici ? Qui s'assure que j'aie de quoi vivre ?

– Il n'est jamais venu prendre des nouvelles ? m'a demandé Terry en revenant à Clay.

– Non, mais c'est pas plus mal. Chaque fois qu'il vient me voir, c'est pour m'engueuler. Pareil pour Tonette.

Je m'attendais à ce que Terry prenne leur défense, qu'elle m'explique que Tonette criait quoi qu'il arrive, que Clay était le genre d'homme incapable d'exprimer ses sentiments, ou pire, comme le disait la mère de Dani, que ça lui prendrait du temps. Mais pas du tout. Je disais la vérité et elle le savait.

– Tu as besoin d'une mère, a-t-elle ajouté sur un ton parfaitement calme.

J'ai haussé les épaules en arrachant un bout de peau morte de mon talon que j'ai laissé tomber sur le faux parquet. Oui, j'avais besoin d'une mère. Mais la mienne avait disparu. Et personne ne la remplacerait jamais.

– Je ne suis pas ta mère, bien sûr. J'ai déjà du mal à m'occuper de mes propres enfants.

– Je sais.

– Et Billie n'est pas très maternelle, c'est le moins qu'on puisse dire.

En effet. J'avais eu l'occasion de m'en apercevoir.

– Quant à Tonette, ses filles sont pourries gâtées, mais elle ne s'en rend même pas compte, elle est complètement aveugle.

Qu'est-ce que ça pouvait me faire, qu'elle s'en rende compte ou non? Tout ce qui m'importait, c'est ce qu'elle voyait ou non chez moi.

– Écoute, je n'ai pas beaucoup de sous, mais si on allait en ville et qu'on s'offrait un tour chez le coiffeur?

– Chez le coiffeur?

– Oui, n'oublie pas que je n'ai que des garçons, ma puce, alors offrir une coupe de cheveux à une fille, ce serait un vrai plaisir.

J'étais touchée. Je savais que personne ne prendrait plus la peine de me dire d'aller chez le coiffeur. Ni chez le dentiste. Ou de travailler, de passer mon permis de conduire, de manger à des heures régulières, aucun de ces petits pensums. Désormais tout dépendait de moi, et rien que de moi, ce qui me réjouissait, et m'effrayait.

– D'accord, ai-je répondu en glissant inconsciemment la main dans mes cheveux. Il est temps que je me fasse couper les cheveux.

Terry a confié les garçons à Billie et nous sommes montées dans la voiture avec laquelle mes grands-parents étaient venus me chercher au motel. C'était la première fois que je sortais depuis mon arrivée. Je me suis assise devant avec le sac de Marine sur les genoux, par réflexe plus que par nécessité, et bientôt j'ai découvert que la maison était très proche du centre de la ville. En dix ou quinze minutes à pied, on arrivait à la première station-essence, et cinq minutes plus tard, à un petit cinéma. Encore cinq minutes et je pouvais aller là où je voulais. Bizarre : pourquoi est-ce que je me sentais aussi isolée alors que j'étais cernée par la civilisation ?

Terry s'est garée sur le parking d'un centre commercial, devant un salon de coiffure appelé Karrie's Kut'N Kolor.

À peine entrée à l'intérieur, j'ai été submergée par une vague de souvenirs... J'étais avec maman et j'attendais, impatiente, que sa nouvelle couleur prenne. Ailleurs j'étais avec Marine qui se faisait vernir ses petits ongles. Ou avec Dani et sa mère en attendant que le balayage de Jane soit fini.

La dernière fois que j'étais allée dans un salon de coiffure, c'était le week-end qui précédait la tornade, pour me faire belle avant le bal de fin d'année.

Dani, Jane et moi avions prévu d'aller à la fête entre filles, même si Dani avait été sollicitée par trois garçons et si Jane commençait à sortir avec quelqu'un qu'elle avait rencontré dans un concours avec l'orchestre en avril. Quant à moi, j'aurais pu demander à Kolby de m'accompagner. Mais nous avions décidé que le bal de fin d'année en première, c'était pour rire. Contrairement à celui de terminale, qui était une longue soirée élégante réservée aux cavaliers sérieux et suivie par un dîner romantique.

Nous nous étions tout de même pomponnées : longues robes vaporeuses pleines de tulle dans lesquelles nous nous sentions engoncées dès que nous étions assises. Manucures et coiffures hors de prix, escarpins brillants que nous envoyions valser dès qu'il fallait danser, dîner chez Froggy où nous jouions à des jeux vidéo en attendant qu'on nous serve.

Quelle soirée !

Je l'avais oubliée jusqu'à ce que je retrouve les effluves des permanentes, teintures, vernis à ongles, dissolvants... Mon ancienne vie me semblait à mille lieues. Comme si les dégâts causés par la tornade n'en finiraient jamais. Non seulement elle avait détruit mon passé et compromis mon avenir, mais elle minait peu à peu ma mémoire et j'oubliais le goût que la vie avait.

– Je peux vous aider ? nous a demandé une femme aux cheveux roses assise derrière un grand comptoir en marbre.

– Oui, a répondu Terry, on voudrait chacune une coupe.

Elle a parcouru son planning avec son ongle verni noir nacré avant d'appeler derrière elle :

– Jonas ? Tu as le temps pour deux clientes sans rendez-vous ?

– Pas de souci !

– Viens, m'a encouragée Terry en m'entraînant vers le fond du salon, tu vas m'aider à choisir. C'est la première fois que je mets les pieds dans un vrai salon depuis, genre, dix ans. D'habitude c'est Billie qui me coupe les cheveux.

Un homme habillé tout en noir, les cheveux luisant de gomina, nous a dévisagées au-dessus d'une paire de lunettes rondes.

– Mesdames. Qui sera la première ?

J'ai indiqué Terry et je me suis assise en observant discrètement son reflet dans le miroir. Elle avait des cheveux longs et filasse, fourchus, qui lui arrivaient au milieu du dos.

– Qu'est-ce que je vous fais ? lui a demandé Jonas en glissant une main dans ses mèches.

Elle m'a jeté un regard perplexe, presque paniqué.

– Tu as envie de quoi ? De les avoir plutôt courts ?

– Je ne sais pas, c'est la première fois que je viens pour une vraie coupe. (Elle s'est regardée dans la glace en penchant la tête à droite et à gauche.) Ouais, d'accord. Plutôt courts. Une coupe marrante, non? Histoire de changer. Une nouvelle Terry!

Elle s'est penchée en arrière pour me serrer la main, et j'ai failli reculer tellement j'avais perdu l'habitude de ce type de geste. Heureusement elle a enchaîné :

– On a toutes les deux besoin de s'inventer une nouvelle tête, non?

Elle avait raison, même si je n'avais rien choisi de ma nouvelle vie et ne faisais que la subir. J'étais là, je vivais dans un environnement sordide, mais il fallait bien que je l'accepte, non? Alors pourquoi ne pas m'inventer une nouvelle Jersey? Recommencer à zéro. Qui me ferait des remarques, de toute façon?

– On se fait aussi une couleur, chiche! je l'ai défiée en lui serrant la main à mon tour.

– Pourquoi pas! Allez, on se lâche!

Trois heures plus tard, nous sommes sorties bras dessus bras dessous de chez Karrie's Kut'N Kolor, les cheveux ultracourts, comme deux petites punkettes. Terry était teinte en un rose profond et soutenu, moi en mauve brillant, et c'est ainsi que nous sommes retournées à la voiture en gloussant...

– T'aimes bien? m'a demandé Terry en baissant le rétroviseur et en tripotant ses petites mèches.

– En tout cas, c'est un sacré changement. Maman aurait trouvé ça horrible.

C'était la première fois que je parlais de maman autrement que pour dire qu'elle avait disparu. Je l'avais toujours gardée en moi, pour moi, et je me suis demandé si le fait de l'évoquer dans une conversation anodine la rendait encore plus lointaine, plus « disparue » ?

J'ai eu honte. Elle était à peine morte. La terre de sa tombe devait être encore fraîche. Comment avais-je osé prendre une telle décision sans lui demander son avis ? J'ai failli retourner au salon pour supplier Jonas de me rendre ma couleur naturelle et tout égaliser à la garçonne.

– Ta grand-mère va détester, du coup j'aime encore plus, m'a dit Terry avec un sourire espiègle avant de me passer la main dans les cheveux : Ça te donne l'air sombre et mystérieuse.

Exactement ce qu'il me fallait – avoir l'air aussi sombre que ce que j'éprouvais en mon for intérieur.

Terry avait raison. Billie a trouvé nos couleurs épouvantables. Elle nous a traitées de catins, a hurlé qu'on allait bientôt revenir avec des tatouages et des piercings, sans manquer de balancer à Terry que ce n'est pas parce qu'elle traînait avec moi qu'elle rajeunirait et serait plus séduisante.

Ce fut une scène comme la famille les adorait. Meg et Lexi ont tout de suite accouru, planquées derrière l'encadrement de la porte en se frottant les mains avec leurs rictus assortis, lorgnant sur mes cheveux comme si c'était trop drôle. Mais dès que leur mère est rentrée du travail, elles se sont précipitées sur elle pour lui demander la permission de se faire teindre les cheveux.

– C'est pas juste ! pleurnichait Lexi. Terry nous a jamais emmenées chez le coiffeur. Pourquoi elle, elle y a droit ? Parce qu'elle vient d'arriver, c'est ça ?

– Tu nous avais promis qu'elle serait jamais mieux traitée que nous ! a renchéri Meg. Et le coiffeur, c'est pas une faveur?

Tonette était de plus en plus tendue, exaspérée par ses filles, même si c'est moi qui avais commis un faux pas rédhibitoire à ses yeux. J'ai tout de suite compris ; inutile que j'attende l'explosion. J'ai filé dans la cuisine, piqué un bout de fromage et une banane, et je suis sortie en contournant la maison.

J'ai marché, marché jusqu'à la grand-route qui allait vers le centre-ville, sans but.

J'en profitais pour jeter un œil sur les vitrines, reconnaissant à peine mon reflet dans la glace chaque fois que je l'apercevais. Je rêvais à tout ce que je voyais derrière ces vitres et je me rappelais l'époque pas si lointaine où je me plaignais de ne pas avoir assez d'argent.

– On n'a rien, comparé à Jane ou Dani, disais-je sans cesse à maman.

– Oui, mais elles ont chacune un père qui est avocat. Tu trouves qu'elles ont l'air très heureuses?

– Parfaitement. Elles sont super heureuses parce qu'elles ont tout, une télé à écran plat, des jeux vidéo, des jeans trop cool. Moi j'ai des jeans nuls. Et puis le père de Dani est comptable.

– Peut-être, mais il ressemble un avocat. En tout cas, il gagne bien sa vie et c'est tant mieux pour lui.

– D'accord, mais j'en ai marre d'être la pauvresse de la bande.

– Débrouille-toi pour trouver un petit boulot, si ça te pèse autant.

J'avais eu seize ans en juillet et j'avais décidé de trouver un job d'été, si possible à la piscine municipale. Qui avait été détruite par la tornade. Encore un de mes projets parti en fumée dans le ciel d'été.

Quand je pense que j'en voulais à maman de ne pas me gâter autant que les parents de mes amies gâtaient leurs filles ! Pourtant nous étions loin de la misère, à côté de la famille de mon père ! Car cette fois-ci je n'avais rien. Plus rien. Même pas ce jeans que je trouvais si nul.

Je suis passée devant une librairie, une de ces vieilles librairies tranquilles avec des gros fauteuils confortables et un éclairage chaleureux. Le genre d'endroit où vous avez envie d'entrer, de manger un petit pain à la cannelle et de lire la moitié d'un livre avant de l'acheter. Je me suis risquée à l'intérieur. Il y avait au fond un coin café ; le parfum et le bourdonnement de la machine à cappuccino m'ont mis l'eau à la bouche. Les gens étaient assis avec leur ordinateur portable et grignotaient une part de gâteau au chocolat ou un bagel avec une boisson chaude tout en tapant sur leur clavier. Comme moi, avant... j'ai failli éclater en sanglots tellement j'étais contente de tomber sur un endroit aussi accueillant.

Quelqu'un avait abandonné un journal sur une table ; je me suis assise, non pas que les nouvelles de Caster City me passionnent, mais j'étais réconfortée de retrouver un semblant de vie normale et agréable.

J'ai tout lu, de A à Z. J'ai regardé les photos, déchiffré les légendes, les annonces. Puis j'ai erré entre les rayonnages en caressant les tranches des livres, rêvant aux titres, me rappelant tous mes livres préférés, sortant ceux qui m'intriguaient et dont je n'avais jamais entendu parler pour jeter un œil sur la couverture.

J'ai fini par en prendre un avant de m'installer dans un fauteuil pour commencer à lire. Malheureusement je n'avais pas un sou pour l'acheter et j'ai dû m'obliger à arrêter à la moitié parce que j'avais le sentiment d'être une voleuse, même si tout ce que je volais, c'était une demi-heure de santé mentale. Quand je me suis levée pour ranger le roman, j'ai vu que le café allait fermer et qu'il faisait nuit. Le rideau de sécurité bloquant les portes d'entrée était baissé au quart et une voix préenregistrée priait les clients de se diriger vers la sortie.

Je suis sortie à contrecœur en me promettant que je reviendrais. Que j'essaierais de grappiller trois ou quatre sous pour acheter le livre que j'avais commencé. Ou un autre, n'importe, pourvu que j'aie le sentiment d'appartenir au monde normal.

Je longeais le trottoir en admirant les enseignes lumineuses et les étoiles quand mon portable a sonné. Jane !

– Mon Dieu, Janie ! Tu es toujours là !

– Oui, ça va. J'ai enfin eu un nouveau portable, hier. L'ancien a été détruit par la tornade. Je n'attendais que ça, pouvoir appeler les copains.

– Il paraît que tu es à Kansas City ?

– Oui, chez mon oncle. Notre maison a été emportée. On y est retourné en crapahutant au milieu des ruines pour récupérer nos affaires, mais je me suis pris un énorme tas de briques qui m'a écrabouillé la jambe. J'ai des béquilles jusqu'à la fin de l'été. Tu le crois ?

Je le croyais, bien sûr. Les gens s'imaginent qu'une tornade s'abat en plein champ ou au beau milieu d'un parking, et après tout va bien. Pas une seconde ils ne pensent aux blessures graves, aux jambes cassées, aux vieilles dames écrasées par un climatiseur qui s'effondre dans leur baignoire. Aux orphelins.

– Tu étais au lycée quand elle a eu lieu ?

– Ouais, mais on ne s'est rendu compte de rien. On était en pleine répétition, personne n'a entendu les sirènes. Puis l'électricité a sauté et on a entendu une avalanche de claquements et de coups affreux, comme si le bâtiment s'écroulait. Heureusement, aucun blessé et Dieu merci, mes parents étaient allés voir mon frère qui jouait un match de foot à Milton, du coup la maison était vide. Mais elle a été complètement ravagée.

– La mienne aussi. J'ai... genre, tout perdu.

– Heureusement j'ai mon violon, c'est déjà ça. Sauf que c'est bizarre, mais je n'ai plus envie de jouer. Plus du tout. C'est la seule chose que j'ai conservée mais il est toujours dans le coffre de mon père.

– Ça va revenir.

– Sans doute. C'est juste que là, jouer me paraît absurde.

Comme tant de choses, j'ai failli répondre.

– Alors, tu vas rentrer à Elizabeth ?

– Oui. Papa y a passé la semaine pour déblayer le terrain. Pour l'instant les gens essayent de dégager les décombres. Il y avait une camionnette à la place de mon lit.

Elle a éclaté de rire avant de se reprendre :

– Au fait, je suis désolée pour ta mère et Marine.

– Merci. Oui, c'est dur.

– J'imagine... Dani m'a raconté que tu étais chez ton père

à Caster City ? Je ne savais même pas que tu avais un père. Tu n'en parlais jamais.

– Parce qu'il s'est volatilisé. C'est juste un connard qui a le même ADN que moi. Et encore, je te parie qu'il dirait qu'on n'a même pas ça en commun. J'ai essayé de convaincre Dani de demander à sa mère de m'héberger. Ici, c'est l'enfer.

– Tu pourrais venir me voir à Kansas City quand la situation sera plus stable. Ma cousine Lindy est géniale. Tu t'entendrais bien avec elle. Je vais demander à ma tante.

Enfin quelqu'un qui me tendait la main. Mes amis commençaient à réagir.

– D'accord. Je t'appellerai quand je pourrai partir d'ici.

On a continué à parler de tout et de rien, nos amis, ce qu'ils devenaient, ce qui se passait pour le diplôme de fin d'année puisqu'il n'y avait plus de cours et que personne ne savait combien de terminales étaient encore à Elizabeth. Malheureusement, ça faisait si longtemps que je n'avais pas parlé d'autre chose que de la tornade que j'étais à court de sujets, et la conversation a fini plus vite que prévu. Pourquoi ? Comment ? Quand est-ce que j'avais perdu l'art de bavarder avec Jane ?

À l'instant où j'ai raccroché, un coup de klaxon a retenti.

– Tu étais où, bordel ? a hurlé Clay à travers sa vitre. Monte, putain.

J'ai hésité. J'avais l'impression d'être face à ce « danger étranger » dont on nous parlait quand on était petits. Ne monte jamais dans la voiture d'un étranger. Fais confiance à ton intuition. Si ton petit doigt te souffle que c'est risqué, n'y va pas.

Personne n'avait jamais évoqué le cas de figure où l'étranger qui ne vous dit rien qui vaille est votre père.

– Qu’est-ce que tu mates ? Monte, merde !

Je me suis glissée sur le siège avant, faisant crisser le vinyle, et il a redémarré sans attendre que j’aie refermé la portière.

– Je te cherche partout. Ma sœur est complètement timbrée, a-t-il marmonné en regardant mes cheveux.

Il a cogné le trottoir et redressé, mais trop brusquement, et la voiture a valsé de l’autre côté de la chaussée avant de revenir au milieu.

– Quelle idée de te proposer de te faire teindre, en plus, avec de l’argent qui n’est pas à elle. Vous avez l’air ridicules. Mes gamines ont l’impression qu’il y en a que pour toi. Ce qui est sûr, c’est que ça m’étonnerait que Tonette leur permette de se faire une tête pareille. T’arrêtes pas de répéter que je suis ton père et tu me demandes même pas la permission avant de faire ce genre de truc.

J’ai serré les dents. M’imposant le silence. Refusant de l’entendre.

– Tu dis rien, tu es là comme une débile.

Je regardais droit devant moi, raide comme un piquet sur le vieux siège en vinyle craquelé pendant qu’il s’agitait, bougeait, frappait à droite et à gauche comme un boxeur. Je m’efforçais de garder ma mâchoire serrée, mes poings, mon cœur aussi, pour ne pas m’effondrer. Mais si je ne me défendais pas, qui le ferait pour moi ?

– Si tu veux te barrer, tu préviens quelqu’un, c’est clair ?

– Et pourquoi ? ai-je répondu.

Il s’est arrêté devant un stop en me fusillant du regard.

– Comment ça et pourquoi ?

– Pourquoi faudrait-il que je prévienne quelqu’un ?

– Pour pas qu’on se fasse de mouron, voilà pourquoi.

– Qui se fait du mouron ? Tonette ? Billie ? Harold, qui ne m'adresse jamais la parole ? Toi ? Tu parles ! Personne n'en a rien à foutre de moi.

– C'est pas une raison pour n'en faire qu'à ta tête.

– Lexi et Meg m'ont dit que tu n'avais aucune envie que je vienne. Alors pourquoi tu as dit oui à Ronnie ?

Je ne comptais pas me lancer dans une explication avec mon père, mais puisque c'était parti, je ne m'arrêterais pas. Il a viré pour se garer sur un parking et les pneus ont crissé. J'ai cru qu'on allait avoir un accident.

– Figure-toi que je me le demande tous les jours. Peut-être parce que Tonette a raison, au fond je suis un brave mec. Après avoir été privé de toi toute ma vie à cause de ta mère, je me suis dit que je méritais de faire ta connaissance.

– Qu'est-ce que tu racontes ? Elle ne t'a jamais privé de moi. C'est toi qui nous as quittées. Et tu n'es jamais revenu.

– C'est ce qu'elle t'a dit ? Que je me suis barré ? (Il a penché la tête en éclatant de rire avant de se retourner vers moi.) Je me suis fait virer, oui. Christine voulait « une meilleure qualité de vie », a-t-il ajouté en marquant les guillemets avec ses doigts. Je lui ai promis que je ferais des efforts, que je trouverais un boulot, que j'arrêterais de boire, que je m'occuperais de toi. Mais madame pensait qu'elle méritait mieux, et tant pis si elle me séparait de toi. Voilà. Maintenant elle est morte et tu te retrouves ici.

– Tu mens.

Mais je serrais les dents parce que je savais qu'il ne mentait pas complètement. Je le voyais à la façon dont son pouce tremblait légèrement, aux rides autour de ses yeux. Pourtant j'ai poursuivi :

– Tu n'as jamais voulu entendre parler de moi.

Son regard s'est durci et il s'est crispé.

– Putain, si c'est ce qu'elle t'a raconté, c'est triste. Parce que c'est pas la vérité, loin de là.

– Si, c'est la vérité. Elle ne m'a jamais raconté d'histoires.

Il a passé la marche arrière et reculé.

– Le jour où je l'ai menacée de faire appel à un avocat, elle a commencé à raconter que j'étais pas ton père. Sur le moment je l'ai crue. Elle était plutôt paumée et j'avais pas mal de raisons de la croire. Sauf que n'importe qui peut voir qu'on a le même ADN. Comme par hasard, c'est à ce moment-là qu'elle a disparu. Déménagé. C'est pas la première fois qu'elle plantait un mec, je vais te dire. J'ai baissé les bras. J'ai rencontré Tonette et j'ai recommencé à zéro. J'ai même fini par oublier que j'avais une fille qui s'appelait Jersey. Je vois pas ce que j'aurais pu faire d'autre.

Il a continué à rouler sans ajouter un mot tandis que la ville se transformait en une série de petites bicoques sans âme. Je n'avais qu'une envie, rentrer, retrouver mon canapé et me réfugier sous mes couvertures, ne plus entendre tous ces mensonges, me débarrasser de l'idée que maman m'aurait menti. Mais j'avais peur de la trahir.

Si ce qu'il disait était vrai, c'est toute l'histoire de ma vie qui était un mensonge. J'avais passé des heures et des heures à me poser des questions sur lui, à imaginer à quoi il ressemblait, à rêver qu'il vienne pour mon anniversaire, pour Noël, qu'il passe me dire bonjour et prendre de mes nouvelles. Jamais il ne s'était manifesté et je lui en avais voulu à mort de m'abandonner.

De son point de vue, pourtant, il ne m'avait pas abandonnée. C'est maman qui l'avait mis à la porte.

Elle m'avait expliqué que c'était pour mon bien, tant pis s'il me manquait. Elle me disait que c'était un monstre, un type nul, dangereux. J'avais fini par avoir presque peur de lui. Elle alimentait ma haine. Non, ce n'était pas possible. Comment le croire ?

– Alors pourquoi ? j'ai brusquement demandé, la voix cassée. Si tu as raison, si tu as cherché à rester en contact avec moi, pourquoi est-ce que tu ne veux pas de moi ici ?

– Parce que j'ai pas besoin de faire un test de paternité pour savoir si oui ou non tu es ma fille. Tu n'es pas ma fille. Tu es la fille de Christine depuis toujours, depuis ta naissance. T'es une étrangère. Et tu fous le bordel dans ma famille à moi.

– Tu n'as jamais cherché à m'intégrer à ta famille.

– J'y peux rien.

Il s'est garé dans la contre-allée et j'ai bondi hors de la voiture. Il a enfoncé le klaxon et j'ai entendu Tonette couiner en ouvrant la porte :

– J'arrive ! J'arrive ! C'est bon !

J'ai foncé dans la véranda, mais j'étais tellement bouleversée que j'ai failli m'écrouler sur Lexi et Meg, tranquillement assises sur le canapé.

19

Elles étaient là, ricanant comme deux imbéciles.

– Tu ressembles à une petite vieille, m'a balancé une des deux, je ne savais pas laquelle.

Lexi avait le sac de Marine grand ouvert sur les genoux, et tous mes petits trésors étaient étalés sur le canapé. Tous les petits secrets de Marine.

– Quoi...?

Elles mâchouillaient toutes les deux du chewing-gum, les papiers d'alu jetés en boule sur le canapé, et toutes deux avaient du rouge à lèvres rose plein la bouche. Lexi avait le rouge de maman dans les mains, ouvert et complètement sorti du tube, le joli bout en biais définitivement gâché. En plus elles avaient écrit « PEAU DE VACHE » avec sur mon sac.

– T'as carrément mauvais goût pour les rouges à lèvres, m'a lancé Lexi, mais elle était aussi mal à l'aise que moi, consciente que cette fois-ci elle avait passé les bornes.

Je lui ai arraché le bâton en hurlant :

– Rends-le-moi, c'est le rouge à lèvres de ma mère !

J'avais accumulé une telle rage en moi depuis la scène en voiture avec Clay, et même depuis le jour de la tornade, que je n'en pouvais plus. J'étais à bout, à nu, les nerfs à vif, tel un animal en cage, un ressort comprimé depuis trop longtemps.

J'avais tout perdu, tout. Il ne me restait plus que ça, mes souvenirs – les miens, les seuls sur lesquels je pouvais compter – et même ça, on essayait de me l'arracher. Non, ils n'y arriveraient pas. Je ne les laisserais jamais. Si je lâchais mes souvenirs, je partirais en vrille.

– Dans ce cas-là, c'est ta mère qu'avait un goût de chiotte, a renchéri Meg.

Tout à coup j'ai arraché mon sac, ramassé les papiers de chewing-gums et fermé la fermeture éclair avant de le mettre à l'épaule, écrasant contre moi leur graffiti.

– Hé là ! m'a défiée Meg en se levant, à deux doigts de moi.

Lexi s'est redressée pour la défendre, reculant au dernier moment d'un pas. Soudain Meg m'a pris le sac mais je l'ai retenu en le serrant d'un geste brutal.

– Qui t'a dit que tu pouvais le prendre ? m'a hurlé Meg.

– Il est à moi !

– J'ai le droit de prendre tout ce qui est dans cette baraque. Si j'ai envie de te piquer ton rouge à lèvres moche comme un cul et ton petit paquet de chewing-gums de merde, je le ferai. Pareil pour tout ce que tu as, grosse vache. Ce n'est pas toi qui fais la loi dans cette maison. Tu n'as rien à y faire, et là-dessus tout le monde est d'accord.

– Arrête, Meg. Viens, on va faire la fête chez Jeff.

– Quoi ? C'est la vérité. La seule raison pour laquelle elle est ici, c'est que personne n'en veut.

J'avais les yeux rivés sur Meg, sur sa jolie petite oreille et son pendentif oscillant. Sur ses pommettes hautes à taches de rousseur. Sur ses ignobles commissures bavant de rouge à lèvres.

Le visage de maman vacillait devant moi tandis que je la revoyais sortant de sa chambre avec son rouge à lèvres rose qui mettait en valeur sa peau douce et nacrée. Les paroles de Marine me revenaient en mémoire : *Je le garde pour les occasions spéciales. Et j'adore quand il est bien taillé.*

Trop tard, le bout était écrasé, déchiqueté, affreux. Il avait été saccagé sur les lèvres de ces deux imbéciles qui s'étaient barbouillées avec par pure méchanceté, et sur le sac de Marine. Il n'avait plus rien de spécial, rien de neuf. C'était le trésor auquel Marine tenait le plus ; ces deux crétines n'avaient aucun droit de le bousiller.

Ce fut plus fort que moi, j'ai giflé Meg en pleine bouche et en la griffant avec mes ongles comme si je voulais lui arracher le rouge à lèvres. Elle ne le méritait pas ; elle n'était pas assez « spéciale ». C'étaient mes souvenirs à moi. À moi seule. Plutôt mourir que de voir quelqu'un me les voler.

Elle a émis une espèce de jappement en reculant, mais ses talons ont heurté le canapé et elle s'est étalée à plat ventre, en se cognant la tête contre le parquet. Je me suis jetée sur elle, griffant son visage, écrasant ses lèvres contre ses dents avec mes mains, comme pour effacer tout le rose. J'étais tellement hors de moi que je ne me rendais pas compte du raffut. Je grondais, je pleurais, je n'arrêtais pas de lui répéter qu'elle n'avait pas le droit d'utiliser le rouge à lèvres de ma petite sœur, qu'il était à moi, qu'elle ne le méritait pas. Elle se débattait en hurlant alors que je lui bâillonnais la bouche, elle me tirait les cheveux, me frappait la figure, la poitrine, les yeux grands ouverts, possédée. J'ai entendu la voix de Lexi appelant à l'aide au fond de la maison.

Il y avait du sang. J'ai vu du sang couler. La jolie petite bouche de Meg était un grand trou rouge, mais je n'en avais rien à faire. J'étais seule. Je n'avais pas de maison, pas de famille, nulle part où aller. Je venais de comprendre ce que signifie de n'avoir rien à perdre.

Je suis restée plaquée sur elle jusqu'au moment où j'ai senti deux mains me soulever par les aisselles. Dès que je l'ai lâchée, elle s'est recroquevillée en se protégeant la bouche avec les bras, étouffant ses sanglots.

Je me suis cabrée en me retournant, prête à frapper la personne qui m'avait soulevée quand je suis tombée nez à nez avec Harold qui me bloquait les épaules en me jetant un regard inquiet. Lexi était à côté de lui, en larmes, tremblant des pieds à la tête.

– Lâche-moi !

– Qu'est-ce que c'est que ce ramdam ? a demandé Billie en déboulant dans sa longue chemise de nuit qui froufroutait autour de ses chevilles poilues. Elle regardait tour à tour Harold, Meg, Lexi et moi, de façon presque comique.

– C'est elle qui a agressé Meg, s'est défendue Lexi. Elle l'a griffée comme une lionne.

J'ai baissé les yeux sur mes doigts couverts de sang. J'étais sonnée, à bout de souffle, tellement enragée que j'avais des bourdonnements dans les oreilles. Je n'arrivais pas à y croire. Non, ce n'était pas moi – c'était une autre. Si je n'avais pas eu de sang sur les mains, j'aurais tout nié.

Billie s'est agenouillée près de Meg pour examiner sa bouche.

– Elles...

Non, pas la peine. À quoi bon continuer? *Elles m'ont volé le rouge à lèvres de ma petite sœur. Elles m'ont volé mes souvenirs.*

– Ces deux gamines n'ont jamais causé l'ombre d'un problème jusqu'à ce que tu débarques, m'a avertie Harold. Je comprends pourquoi Ronnie voulait se débarrasser de toi!

– Moi non plus, je n'ai jamais eu le moindre problème! Vous n'avez aucune idée de qui je suis vraiment!

– Je n'aurais jamais dû accepter, famille ou pas, a grommelé Billie.

Entre-temps Terry était arrivée, observant la scène depuis la porte, avec Jimmy sur la hanche. Elle a mis la tête du bébé contre son épaule en lui murmurant «chut!» mais il n'a pas bronché.

Je lui ai jeté un long regard honteux.

– Va aider ta grand-mère à débarbouiller ta sœur, a ordonné Harold à Lexi avant de s'adresser à moi : Toi, demain, t'auras affaire à moi. Bon, je vais appeler Tonette pour lui dire de revenir.

Tout le monde est rentré dans la maison. Meg reniflait bruyamment tandis que Lexi me fusillait du regard. Tante Terry, elle, est restée une ou deux secondes de plus, jusqu'au moment où j'ai entendu le cliquetis de la porte qui se refermait.

Comment en étais-je arrivée là? Comment étais-je passée de cette librairie où je lisais tranquillement, assise dans un gros fauteuil, à cette bagarre où je m'étais jetée sur ma demi-sœur, lui cisaillant la moitié de la bouche en moins d'un quart d'heure? Comment étais-je passée, en moins d'un mois, d'une vie où je préparais le dîner pour toute la famille à une maison où j'étais obligée de dormir dans une véranda minable ? Tout ça me paraissait irréel, comme si ma vie ne m'appartenait plus.

Demain t'auras affaire à moi : que voulait-il dire exactement ? En tout cas j'allais passer un sale quart d'heure. Pire encore, il allait appeler Tonette pour la prévenir que j'avais battu sa petite fille chérie. Elle interromprait sa tournée des bars et me ferait ma fête, dix fois plus que mes grands-parents. Elle et Clay seraient littéralement fous de rage quand ils découvriraient ce qui s'était passé.

– Puisque c'est comme ça, je fiche le camp, ai-je dit tout haut.

Je n'avais pas le choix, il fallait que je quitte cette maison où vérité et mensonge s'entremêlaient et où l'on me volait tout ce qu'il me restait. Aussitôt dit, aussitôt fait. J'ai pris mon sac à dos derrière le canapé, sans doute caché là par Meg et Lexi qui avaient dû fouiller à l'intérieur. Il avait été ouvert, mais apparemment rien n'avait disparu. J'ai attrapé la couverture pliée au bout du canapé, je l'ai fourrée dedans, et j'ai pris mes cliques et mes claques en m'enfonçant dans la nuit du jardin.

Où aller ? Je n'avais jamais été au-delà des centres commerciaux et des rangées de pavillons sans âme. J'ai aperçu un champ avec un bosquet d'arbres derrière la maison. Peut-être y avait-il une grange où je pourrais dormir, ou un petit dégagement sous un arbre ? Mais s'il y avait une tempête ? J'avais beau m'en vouloir d'avoir des idées aussi sottes, c'était plus fort que moi. Chaque jour la tornade pénétrait plus profond en moi et ma terreur s'amplifiait.

Au dernier moment j'ai décidé d'aller en ville ; le paysage urbain m'était plus familier, plus rassurant.

20

Le jour a mis longtemps à se lever. J'avais à peine fermé l'œil, errant toute la nuit dans la principale galerie commerciale de Caster City en regardant derrière moi au cas où Harold, Clay ou un policier me suivrait.

Au début je me suis assise sur des vieilles caisses remisées derrière une boutique et j'ai joué aux cartes jusqu'à ce que la puanteur des ordures du restaurant chinois voisin ait raison de moi. Puis je me suis réfugiée contre un buisson, derrière un fast-food. Je me suis allongée en regardant la photo de maman sur mon portable et en chantonnant la chanson du bain de Marine. Cette fois-ci, ce sont les moustiques qui m'ont chassée.

J'ai échangé pas mal de textos avec Jane qui regardait des films avec sa cousine.

Comment va la vie à Caster City ?

Mal. Je me casse.

Où ?

Sais pas encore.

J'espérais qu'elle me proposerait de venir chez ses cousins, mais en vain. Elle m'a simplement répondu : *Je te tiendrai compagnie.*

Les voitures se faisaient de plus en plus rares, les lumières se sont éteintes une à une, et la station d'essence a fermé. J'étais seule, abandonnée, mais bizarrement je ne m'en étonnais plus. J'ai marché de long en large dans la galerie, comme si c'était normal de faire du lèche-vitrines à trois heures du matin !

Le temps qui a suivi m'a semblé interminable, j'attendais le lever du soleil, je rêvais, je traînais, jusqu'au moment où je me suis réveillée, recroquevillée dans un petit bout d'impasse derrière un magasin de meubles, la tête sur mon sac à dos, et les fesses engourdies à cause de la dureté du sol.

J'ai examiné mes mains à la lumière du jour. Le sang était plus ou moins parti mais j'avais une sorte de croûte brun rouille sous les ongles. J'aurais aimé les laver – me débarrasser définitivement de Meg –, j'ai dû les cacher entre mes cuisses pour ne pas les voir.

Peu à peu la ville se réveillait. J'entendais des crissements de freins de camion, des portières qui claquaient, un klaxon, une voix. J'ai pris mon sac et j'ai recommencé à errer jusqu'au moment où j'ai appelé Kolby. J'avais confiance en lui. À lui je pouvais raconter mon cauchemar. Et si je lui avouais que j'avais fui, il ferait tout pour m'aider.

– Allô ? a répondu une voix étouffée.

C'était la deuxième fois que quelqu'un répondait à sa place.

– Euh, bonjour. Est-ce que Kolby est là, s'il vous plaît ?

– C'est de la part de qui ?

– De Jersey. Je pensais que... qu'il pourrait m'accompagner quelque part.

– Oh, Jersey ! C'est sa maman. Comment vas-tu ? Il paraît que tu habites chez ton père, au sud d'Elizabeth.

– Disons que je vivais chez lui, mais je suis partie, c'est pour ça que j'ai besoin qu'on vienne me chercher en voiture. Kolby pourrait venir, vous pensez ?

– Mais il est à l'hôpital, ma chérie.

– Encore ? Pour sa blessure au bras ?

– Oui et non. La blessure s'est infectée. Il doit... il va y rester un certain temps. J'ai bien peur qu'il ne puisse pas prendre le volant avant un moment.

Comment une blessure pouvait-elle s'infecter à ce point-là ? En général on prenait des antibiotiques et on rentrait chez soi.

– Bon, d'accord. Vous pouvez lui dire que j'ai appelé ?

– Bien sûr, ma chérie, il sera très touché.

– J'irai le voir quand je reviendrai à Elizabeth.

– Tu ne crois pas qu'il vaut mieux que tu restes chez ton père ? Même si ça me désole de savoir que les choses ne se passent pas très bien.

– C'est la famille de mon père qui ne passe pas très bien. C'est pour cette raison que j'ai décidé de partir. Je vais venir voir Kolby, d'accord ?

Peu après j'ai raccroché. Je savais pourquoi elle pensait qu'il valait mieux que je reste chez mon père, sauf qu'elle n'avait aucune idée de la situation. Tant pis, j'ai recommencé à traîner et j'ai appelé Dani.

– Salut ! m'a-t-elle répondu d'une voix pâteuse. Comment ça va ?

– Très mal. J'ai fugué. Tu pourrais demander à ta mère de venir me chercher ?

Je connaissais la réponse mais pourquoi ne pas essayer ?

Une fois de plus, je n'avais rien à perdre. Sa mère serait peut-être sensible à ma situation et changerait d'avis. Au point où j'en étais, c'était mon unique espoir.

– Attends, ne parle pas si vite. Tu as fait une fugue ?

Je lui ai tout raconté, tout : Clay m'expliquant que c'est maman qui m'empêchait de le voir et qu'il avait fini par laisser tomber ; Meg et Lexi que j'avais surprises avec le sac de Marine ; les coups contre Meg...

– J'ai besoin qu'on vienne me chercher. Il faut que je rentre. Je t'en supplie, demande à ta mère.

– Je lui ai demandé, elle a refusé.

– Alors dis-lui que je demanderai à Ronnie. Elle pourrait me déposer au motel. Je ne sais pas... n'importe quoi. S'il te plaît, Dani. Il faut que je quitte ce bled.

– Mais c'est... genre, à trois heures.

– J'attendrai.

– D'accord, mais maman ne voudra jamais faire six heures de route, surtout qu'elle m'a dit et redit qu'elle ne voulait pas se mêler de cette histoire. Elle va encore me répondre que tu as besoin de temps. Que c'est un problème entre toi et Ronnie. Tu devrais peut-être aller voir la police.

– La police, tu parles. Alors que je fugue !

Je me suis appuyée contre un mur, et le restaurant chinois s'est mis à dégager des parfums délicieux. Je mourais de faim et de soif.

– S'il te plaît, demande-lui !

– Attends...

Elle a dû couvrir son portable avec sa main, mais je l'ai entendue chuchoter avec sa mère. J'ai cru qu'elles n'en finiraient jamais... pourvu qu'elle m'annonce une bonne nouvelle !

– Maman me demande où tu pourrais nous attendre, a-t-elle fini par lâcher avec une étrange voix, plate et monocorde.

J'ai penché la tête en arrière en souriant face au soleil.

– Merci, merci, merci... J'ai repéré un banc devant la librairie de la galerie commerciale de Water Street. Je vous attendrai là. Je t'adore, Dani, tu ne peux pas savoir !

– Moi aussi, Jers. À tout à l'heure.

Sa voix était toujours aussi curieuse.

J'ai dû me retenir de ne pas courir jusqu'à la librairie. J'avais peur d'avoir encore plus soif et de m'épuiser, et il ne fallait pas que je reste trop longtemps sur ce banc au cas où Clay ou Tonette passeraient devant. J'avais au moins trois heures à attendre, le temps de réfléchir à ce que je ferais une fois rentrée à Elizabeth. Si la mère de Dani ne voulait pas de moi, ni Ronnie, je serais sans abri, comme ici, mais dans une ville que je connaissais. J'avais dix fois plus de chances de m'en sortir.

J'ai bu de l'eau à une fontaine en espérant que la mère de Dani m'apporterait quelque chose de frais à boire. Avec un peu de chance elle s'arrêterait dans une station-essence pour acheter un granité. Et de quoi manger. Je pourrais même lui demander d'utiliser sa machine à laver, son séchoir, de prendre une douche et de dormir dans un vrai lit.

– Jersey.

Je me suis figée. Je connaissais cette voix.

– Ronnie ? Qu'est-ce que tu fais là ?

– Suis-moi !

Il s'est dirigé vers le parking au bout duquel était garée sa vieille camionnette, et je me suis demandé si j'étais passée devant en allant à la librairie. Mon esprit était sans doute trop agité pour l'avoir remarquée.

Je suis montée à l'intérieur en déposant mes deux sacs à mes pieds.

– Comment tu as fait pour me retrouver ?

– Harold m'a appelé hier soir. Il paraît que tu as agressé une de ses petites-filles, du coup il m'a demandé de venir te récupérer. Après j'ai eu la mère de Dani qui m'a dit que tu t'étais enfuie et que tu serais devant la librairie, au cas où je voudrais appeler la police pour qu'on te ramène chez les Cameron.

J'étais sonnée. Incapable de dire quoi que ce soit. Je comprenais maintenant : la drôle de voix de Dani, les messes basses avec sa mère... Elle m'avait dit oui pour que je m'installe quelque part sans bouger afin que les flics me retrouvent sans problème.

– Je t'avais envoyée ici pour que tu vives avec ton père, a grommelé Ronnie en regardant la route au-dessus de son tableau de bord brinquebalant. Mais tu es têtue comme une bourrique, du reste je ne pense pas que ta mère serait ravie de savoir que tu fugues.

Il s'est raidi en mentionnant maman.

– Merci.

Quelque chose me mettait mal à l'aise chez Ronnie, mais tant pis, j'étais beaucoup mieux avec lui qu'avec mon père ! Je n'ai pas cherché à me défendre, rien dit de ce que j'avais sur le cœur et que je rêvais de lui avouer. *Pourquoi ne m'as-tu jamais rappelée ? Pourquoi m'as-tu empêché d'assister à l'enterrement ? Et d'abord, pourquoi m'as-tu envoyée là-bas ?* J'aurais aussi voulu lui demander s'il se sentait mieux, si son chagrin ne le minait pas trop. *Tu t'es brossé les dents ? Tu t'es changé ? Et la chambre du motel, j'espère que tu as jeté les boîtes de conserve, les barquettes vides, changé les draps sales...*

Au lieu de quoi j'ai simplement demandé :

– Je pourrais avoir un Coca ?

Il s'est arrêté dans un fast-food pour m'en acheter un, et nos doigts se sont effleurés au moment où il me l'a donné. Il avait les ongles sales et les mains rugueuses. J'avais encore le sang de Meg sous les ongles, mais ça m'était égal.

– Tu as eu le temps de déblayer le terrain de la maison ?

– Un peu.

Il n'avait pas envie d'en parler, mais c'était aussi ma maison et j'avais le droit de savoir.

– Tu as retrouvé d'autres choses ?

– Deux ou trois.

– Des trucs de valeur ?

– Non, on a tout perdu.

– Tu n'as rien gardé ?

– Non, Jersey, c'est le bordel.

Toute notre vie, la vie d'une famille de quatre personnes, balancée dans une décharge à ordures ! Pourquoi les gens accumulaient-ils tant d'objets puisque tout finissait aux ordures ?

– Alors, tu vis toujours dans ce motel ?

– Si on peut appeler ça vivre, ouais.

– L'électricité est revenue à Elizabeth ?

– Oui.

Je ne savais plus quoi ajouter. De toute façon il répondait à peine, alors à quoi bon ? Je préférais siroter mon Coca en jouissant de la fraîcheur qui se diffusait dans mon corps et du sucre qui me redonnait des forces. J'avais retiré mes chaussures pour profiter de la climatisation sur mes pieds. J'ai appuyé la tête contre la vitre en regardant les lignes jaunes avalées par le nez du camion. Mes paupières devenaient de plus en plus lourdes et j'ai fini par sombrer dans le sommeil.

L'arrêt du ronronnement du camion m'a réveillée. Je me suis redressée en étirant mon cou et j'ai regardé autour de moi. Nous étions sur un parking que je ne connaissais pas. Ronnie regardait droit devant lui, les deux mains sur le haut du volant, sans un mot.

– On est où ? ai-je demandé en bâillant.

J'ai bu une gorgée de Coca : il avait beau être tiède et aqueux, quel délice ! Un peu plus loin j'ai vu un panneau indiquant BIBLIOTHÈQUE MUNICIPALE DE WAVERLY.

– À Waverly, a lâché Ronnie, la voix cassée.

Tout à coup j'ai fait le lien. *Il est né à Waverly,* m'avait dit Harold à propos de Clay. *À une heure à peu près.*

– Waverly ? Mais pourquoi ?

La ville était à une heure au sud-est d'Elizabeth. On y était passés plusieurs fois avec maman, et chaque fois elle nous rappelait que c'est là qu'elle était née.

– Un vrai trou à rats, ajoutait-elle. Retenez votre respiration, les filles. Je ne veux pas que vous inspiriez cet air : l'opprobre et l'oppression sont contagieux.

Personne ne comprenait ce qu'elle voulait dire, mais c'était devenu un jeu – c'était à qui retenait sa respiration le plus longtemps. Et si possible, à qui la retenait le temps de traverser la ville.

– Le jour de l'enterrement... a bredouillé Ronnie en tapotant sur son volant, j'ai revu plusieurs personnes.

– J'aurais voulu y être. J'aurais dû y être, même.

– Je ne voulais pas que tu souffres encore plus.

– J'ai perdu ma mère, Ronnie. Je souffre déjà mais là, c'est pire. J'aurais dû y assister.

– Les parents de ta mère sont venus, a-t-il lâché, osant enfin me regarder.

Je me suis écroulée au fond de mon siège. Ronnie n'avait jamais vu les parents de maman. Ils l'avaient fichue à la porte en lui disant que puisqu'elle voulait partir avec un poivrot bon à rien, Clayton Cameron, qu'elle parte, mais elle n'était plus la bienvenue chez elle. Elle les avait pris au mot et ne regrettait rien, répétait-elle. Ils jugeaient tout ce qu'elle faisait, ils n'avaient jamais cherché à la comprendre, ils auraient voulu qu'elle soit une petite poupée parfaite alors qu'elle rêvait d'être comme tout le monde et de s'amuser. Le jour où ils l'avaient reniée, elle s'était réjouie de couper définitivement les ponts. À l'écouter, elle ne savait même pas où ses parents vivaient, encore moins s'ils étaient vivants ou morts. Tout le monde pensait qu'ils n'étaient plus de ce monde.

Or ils étaient vivants.

Et elle était morte.

Ronnie pianotait sur son volant pour éviter de me regarder.

– Ils ne connaissaient même pas l'existence de Marine. La tienne, oui, parce que ta mère était enceinte quand elle est partie. Mais Marine, non.

– Elle n'est pas partie, ils l'ont mise à la porte et l'ont reniée. C'est leur faute.

– En tout cas ils vivent ici, à Waverly.

Peu à peu, tout faisait sens. C'est ici que maman était née et c'est pour ça qu'elle nous disait de retenir notre respiration, pour qu'on ne se laisse pas contaminer par le poids de l'opprobre et de l'oppression qui régnaient à Waverly.

– Ils ont toujours vécu ici, m'a confirmé Ronnie. Dans la maison où ta mère a grandi.

– Ils ne sont jamais venus à Elizabeth ?

J'étais intriguée, émue, j'aurais voulu poursuivre la conversation et l'entendre parler de maman et de sa famille. Peut-être que Ronnie reviendrait sur sa décision. Qu'il comprendrait à quel point maman haïssait ses parents et qu'il ne me laisserait pas chez eux.

– Ils n'ont jamais cherché à nous voir jusqu'au jour où ils ont appris qu'elle était morte ?

– Si, ils disent qu'ils sont allés à Elizabeth quand tu étais bébé. Mais d'après eux, ta mère aurait appelé la police pour les obliger à évacuer les lieux en expliquant qu'elle ne voulait plus avoir affaire à eux. C'était à l'époque où elle vivait avec Clay. Du coup, ils ont... abandonné.

– C'est pas possible... (Je ne savais plus si je parlais de maman, de ses parents ou de Ronnie.) Tu n'abandonnes pas ta famille comme ça. Tu ne pars pas du jour au lendemain... alors que ta fille a... a besoin de toi.

– Je suis désolé, Jersey, m'a répondu Ronnie. Je les ai appelés ce matin. Ils sont prêts à t'accueillir.

– Non ! (J'ai éclaté en larmes.) S'il te plaît, Ronnie. Je veux rentrer. Je te promets que ça se passera bien. Je ne connais pas les parents de maman, en plus elle les détestait. C'est pas juste. Pourquoi est-ce que tu m'aimes si peu ? Pourquoi est-ce que tu ne supportes pas l'idée de vivre avec moi ?

Il a secoué la tête en entrant dans une petite ruelle.

– Je t'aime, Jersey, mais je suis incapable de m'occuper de toi. Chaque fois que je te vois, je vois ta mère. Chaque fois que je t'entends parler, je culpabilise parce que je n'ai pas été à la hauteur. Je n'ai pas été foutu d'en sauver une seule de vous. Pas une.

Il m'a lancé un regard de biais en tournant dans une rue transversale dont le panneau indiquait FLORA, entourée de maisons proprettes, joliment disposées et peintes. Des maisons pas particulièrement grandes, mais plus que la nôtre.

– À qui veux-tu que je sois utile alors que je n'ai même pas le courage de me regarder dans la glace ?

– D'accord, mais je suis vivante. Tu peux me sauver. Ce serait ça, le courage.

Il est entré dans une allée et j'ai eu la surprise de découvrir une coquette maison blanche à colombages de style Tudor, avec des parterres de fleurs des deux côtés et des jardinières devant les fenêtres. Une statue aux allures de saint se dressait devant le perron.

– Je sais que c'est difficile à encaisser, a ajouté Ronnie, mais fais en sorte que ça marche. De toute façon, je mets la maison en vente. Je retourne vivre sur la côte Est. J'ai déjà commencé les virements et les transferts. Tu ne peux pas rentrer à la maison. Il n'y a plus de maison.

La porte du pavillon venait de s'ouvrir mais j'avais le soleil dans les yeux et je ne voyais pas qui était derrière.

– Tu ne préfères pas vivre là où elles sont enterrées ?

– Non, chaque fois que je vois le quartier, la maison, le moindre magasin ou bâtiment familier, j'ai des remords parce que ça me rappelle que je n'étais pas là au bon moment. Je ne peux pas vivre comme ça. Il faut que je parte.

– Et tu nous abandonnes toutes les trois.

– Pour moi, c'est une question de vie ou de mort.

J'espérais qu'il changerait d'avis. Qu'il aurait pris de la distance, commencé à panser ses blessures et à comprendre ses erreurs. Son obstination était plus blessante que la malveillance de Meg et Lexi saccageant le rouge à lèvres de maman. Sa lâcheté plus douloureuse que les injures de Clay et Tonette me disant que je n'étais pas de la famille. Son égoïsme plus choquant que la tornade. Comment pouvais-je l'admettre? Admettre qu'il nous impose son choix?

– Tu es lâche.

J'ai vu un homme aux cheveux gris qui portait une chemise à carreaux et une casquette de base-ball frapper à la vitre de Ronnie. Je me suis tue. Il avait un gros nez et d'immenses sourcils, et des lèvres un peu épaisses qui me rappelaient la moue de Marine. Des mèches de cheveux bouclés s'échappaient de sa casquette.

– Je vous remercie, a dit Ronnie en baissant la vitre.

J'ai failli lui flanquer des coups de poing. Parce qu'il me rayait de sa vie, parce qu'il abandonnait maman et Marine, parce qu'il avait les yeux secs et qu'il était complètement irresponsable.

– Je vous en prie. Elle a des bagages?

– Pas vraiment. Deux sacs qu'elle peut porter. On a tout perdu, vous savez.

– Vous avez eu des nouvelles de l'Agence fédérale des situations d'urgence?

Je n'ai pas écouté la réponse. Je venais d'apercevoir sur le perron une femme qui portait un grand pull couleur melon sur une tunique assortie. Elle avait les genoux cagneux, une taille un peu épaisse, et des épaules rondes, comme moi. Depuis le temps que je me demandais de qui je tenais ma silhouette, j'avais la réponse face à moi, ici, à Waverly.

– Tu es prête ? m'a demandé le vieil homme en me toisant par-dessus l'épaule de Ronnie.

– Euh ?

– Tu es prête ? a répété Ronnie.

– Non, mais je n'ai pas le choix, c'est ça ?

– Oui. Et cette fois-ci, il y a intérêt à ce que ça marche.

Il a recommencé à pianoter sur le volant pendant que le vieil homme contournait la voiture pour venir de mon côté. J'ai empoigné mon sac à dos et accroché celui de Marine à l'épaule, et je suis descendue.

– Bon vent, ai-je lancé à Ronnie.

C'était la dernière fois que je le voyais – je n'avais plus aucun doute.

21

Ma grand-mère n'arrêtait pas de me poser des questions en m'appelant par mon prénom. «Jersey, tu veux un peu de gâteau au café?» «Jersey, viens, on va ranger tes affaires.» «À quelle heure veux-tu qu'on te réveille, Jersey?» Elle en avait plein la bouche et j'étais exaspérée.

J'ai laissé mes chaussures au pied de la porte d'entrée à côté des siennes et je l'ai suivie en socquettes trouées, jusqu'à ma chambre. C'était une horreur kitsch, une débauche de savons parfumés, de pots-pourris, de froufrous, de volants et de vichy dans les tons mauves et blancs, le contraire de la véranda minable que je venais de quitter. Une assiette de petits biscuits m'attendait sur ma table de nuit, dont le parfum m'a mis l'eau à la bouche.

– C'était la chambre de Christine, m'a dit ma grand-mère.

J'ai essayé d'imaginer maman dans cette chambre, allongée sur cette montagne de draps et d'édredons, les pieds en l'air en train de téléphoner; ou ouvrant discrètement la fenêtre-moustiquaire pour sauter dans les bras de Clay avant d'embrasser sa bouche qui sentait l'alcool.

Malheureusement, j'avais de plus en plus de mal à

convoquer des images de maman. Surtout à l'époque où elle vivait ici – ça devait être une autre personne.

J'ai remarqué une photo encadrée sur la commode : une petite fille perchée sur les épaules d'un homme qui avait les cheveux ébouriffés tandis qu'elle brandissait sa casquette, fière comme Artaban.

– C'est Christine et Barry, ton grand-père, m'a expliqué ma grand-mère. Moi, je m'appelle Patty. Tu connaissais nos prénoms ? Au fond, je ne sais pas ce que Christine partageait avec toi.

J'ai préféré ne pas répondre. Il valait mieux qu'elle ne sache pas ce que maman avait partagé avec moi à leur propos. La gamine de huit ans en moi avait peur de respirer l'air de cette maison, peur d'être contaminée par l'atmosphère oppressante dont maman me parlait. Peur d'être jugée. Comment savoir ce que cette femme pensait ? Comment pouvais-je être sûre qu'elle ne me trahirait pas, comme la mère de Dani, qu'elle ne me laisserait pas tomber, comme Clay, qu'elle ne me raconterait pas de mensonges, comme maman, qu'elle ne me renverrait pas, comme Ronnie ? La tornade m'avait appris une chose : je ne pouvais faire confiance à personne. Ma nouvelle grand-mère avait beau se comporter comme si nous formions une famille heureuse et harmonieuse, je n'y croyais pas. La photo d'une petite fille sur les épaules de son père dix ans avant d'être fichue à la porte de chez elle, ce n'était pas assez pour réparer une vie entière d'exclusion.

De ce point de vue là, maman était comme moi. Elle avait perdu sa mère. Le parallèle m'a bouleversée car je me sentais soudain plus proche d'elle.

– Tu peux m'appeler grand-mère, si tu veux. Je suis ravie de faire ta connaissance, Jersey, seize ans après, tu imagines ! Barry aussi.

Voyant que je ne réagissais pas, elle a reculé en ajoutant :

– Bon, je te laisse t'installer. Les toilettes sont au bout du couloir. Si tu as envie, tu peux faire la sieste. Nous dînons à six heures mais si tu as faim, n'hésite pas à manger les biscuits que j'ai déposés. (Elle m'a indiqué l'assiette que je refusais de regarder.) Si tu veux autre chose, n'hésite pas à nous appeler, Jersey.

Et discrètement, elle est partie en fermant la porte.

Je me suis précipitée sur les biscuits, puis je suis restée là, les bras ballants, ne sachant plus trop que penser. En vérité, la chambre était jolie. Elle sentait bon, elle était confortable, accueillante. En plus elle contenait une partie de l'histoire de maman. Une histoire qu'elle détestait, cela dit. Alors que faire ? Si je décidais d'être heureuse ici, était-ce une trahison vis-à-vis d'elle, de sa mémoire ?

J'ai posé mon sac à dos et le petit sac de Marine et j'ai pris un short et un polo de Terry qui arborait le logo de l'équipe de foot CCHS Captains, ce qui m'a rappelé mon vieux sweat-shirt Elizabeth Barking Bulldogs...

J'étais loin d'être la meilleure, au lycée. J'étais comme mes amies, pas vraiment sportive. Notre truc à nous, c'était plutôt le théâtre, et je me moquais volontiers des élèves qui adoraient courir en cercles autour d'un stade ou le long d'une piste. Inversement, les sportifs ne comprenaient pas comment nous, on pouvait avoir plaisir à transpirer sous les projecteurs en récitant les sonnets de Shakespeare écrits dans un anglais à peine compréhensible. Le malentendu était réciproque, et ni les uns ni les autres, nous n'avions envie de le surmonter.

Peu importe cette division, tout le monde portait les vêtements de l'équipe du lycée. Surtout le vendredi, le jour des matchs de foot, même si personne ne se sentait obligé d'y assister.

Je m'en souvenais, Marine adorait mon sweat-shirt Elizabeth Barking Bulldogs. Elle adorait le petit bouledogue et les lettres orange à paillettes. Plusieurs fois elle me l'avait piqué sur mon lit ou dans le panier à linge pour danser avec, sur les pointes, façon Marine, alors qu'il lui arrivait aux chevilles et que les manches fouettaient l'air.

Je lui avais promis que le jour où je quitterais le lycée, je le lui donnerais. Elle avait bondi et hurlé de joie dans le salon, comme si je lui avais dit que je lui offrais une rivière de diamants. Je n'avais pas eu le courage d'ajouter que le temps qu'elle entre au lycée, le sweat-shirt serait complètement démodé et usé, et que jamais elle n'en voudrait.

J'étais là, assise dans l'ancienne chambre de maman, abandonnée par Ronnie, condamnée à vivre à Waverly, mais contente de ne pas avoir déçu Marine. Contente de savoir qu'elle était partie en y croyant.

J'ai ramassé son sac : les traces de rouge à lèvres avaient presque entièrement disparu, mais il en restait dans les fentes et autour des coutures. J'ai pris un kleenex sur la commode et j'ai frotté pour nettoyer. Tout est parti, même si, en regardant de près, il y avait encore un peu de rose.

Puis j'ai pris le rouge à lèvres et j'ai tapoté sur le bout pour l'égaliser. Il n'était pas aussi parfaitement en biais que ce que Marine aimait, mais je l'avais au moins débarrassé des microbes de Meg et Lexi. Je l'ai remis en place avant de prendre un chewing-gum et j'ai dessiné un sweat-shirt sur le papier d'alu avec la légende :

« Marine est un bouledogue qui aboie[1]. »

J'ai rangé mon dessin avec les autres, fière de voir que ma collection commençait à avoir de l'allure. Malheureusement, je n'avais plus beaucoup de chewing-gums, et j'avais peur d'être à court. C'était trop tôt, je ne pouvais pas arrêter ma collection maintenant. J'ai aplati les papiers qui venaient des chewing-gums que Meg et Lexi m'avaient volés.

« Marine a un faible pour Minnie parce qu'elle a un nœud dans les cheveux. »

« Marine a des ongles de pieds minuscules. »

Je me suis allongée sur le lit en pensant à toutes les petites bulles que je pourrais inventer pour résumer la vie de Marine. Toutes les images que je voulais conserver d'elle. Si ça se trouve, je pourrais commencer à écrire et ne jamais m'arrêter.

J'ai entendu frapper à la porte ; vite, je me suis redressée.

– Tu veux un petit en-cas, Jersey ? m'a demandé ma grand-mère en passant la tête.

Je croyais qu'on dînait à six heures, ai-je failli répondre sur un ton sarcastique. Mais je me suis retenue parce que j'avais décidé de ne pas adresser la parole à ces gens.

– J'ai des fraises, si tu veux.

Rien.

– Tu aimerais quelque chose à boire, Jersey ?

---

1. Jeu de mots intraduisible. *Barking bulldog* signifie « bouledogue aboyant ». (NdT.)

Toujours rien. Je voulais que la haine de maman se lise dans mes yeux.

– Tu sais, nous sommes là pour t'aider, Jersey. Nous savons que tu vis un moment très douloureux.

J'ai détourné le regard vers la photo de maman. Ah bon ? Sans blague ? Et comment pouvaient-ils savoir à quel point c'était douloureux ? De tout perdre ? D'être ballottée à droite et à gauche jusqu'à ce que quelqu'un veuille bien de vous ? De savoir que je ne retrouverais plus jamais ma vie d'avant et que j'étais complètement seule ? La tornade avait emporté ma maison et m'avait écartelée au passage. Ils ne pouvaient pas imaginer la rage que j'avais au fond de moi. La perte de repères, le sentiment de culpabilité, la volonté d'abdiquer. Les plaies à vif, les cicatrices sans cesse rouvertes. Même moi, qui le vivais, je ne comprenais pas. Et s'ils parvenaient à comprendre, à imaginer ce qui se passait dans ma tête, dans mon cœur, là tout de suite, ils s'enfuiraient en courant. Mais ils me ficheraient la paix.

Elle est restée scotchée près de la porte un temps qui m'a paru infiniment long, jusqu'au moment où elle m'a dit en soupirant :

– Tiens, regarde, si ça peut te soulager.

J'ai été piquée par la curiosité. Qu'est-ce que c'était que « ça » ? Un téléphone qu'elle m'a tendu en me disant :

– Au cas où tu veuilles appeler tes amis. Je suis sûre qu'ils se demandent ce que tu deviens. Tu peux discuter aussi longtemps que tu veux, ça m'est égal.

Le fait est que j'avais envie d'appeler mes amis. Même si j'avais déjà eu tout le monde dans la matinée – à part Kolby –, même si la mère de Dani avait cafté auprès de Ronnie, j'avais besoin d'entendre une voix que je connaissais. Sauf que si j'acceptais le téléphone de ma grand-mère, ce serait une concession et elle en conclurait que j'étais contente d'être chez elle. Du coup je n'ai rien dit et j'ai fixé la photo jusqu'à ce qu'elle renonce et disparaisse.

J'ai volontairement évité le dîner. Je me suis recroquevillée sous mes draps en fermant les yeux quand elle est venue frapper à la porte ; je savais qu'elle penserait que je dormais. Mais je mourais de faim. Si bien que dès que les bruits de la télévision se sont arrêtés et que le rai de lumière sous la porte de ma chambre a disparu, je suis allée discrètement dans la cuisine. Hélas, sur qui suis-je tombée ? Mon grand-père, assis à table, sous une lampe suspendue, en pleine partie de solitaire. Il était en train de passer à côté d'un sept noir-six rouge évident.

– Patty t'a laissé une assiette dans le réfrigérateur. Du rôti braisé. Tu vas voir, elle le cuisine à merveille.

J'ai failli retourner dans ma chambre, mais j'étais affamée et le rôti était trop alléchant. J'ai pris l'assiette et je l'ai mise dans le micro-ondes.

– Si possible, évite de manger ailleurs que dans la cuisine, m'a dit grand-père, toujours sans lever les yeux.

Il avait trouvé le six rouge mais il était toujours coincé.

Le four a bippé. J'ai ouvert plusieurs tiroirs avant de trouver des couverts. Il n'a pas fait un geste pour m'aider mais curieusement, je lui en étais reconnaissante. Je me suis assise à l'autre bout de la table et je l'ai entendu rassembler ses cartes en jurant.

– Elle aussi, elle a du chagrin, a-t-il murmuré, rompant le silence.

J'ai arrêté de manger, stupéfaite. La viande était délicieuse, fondante, c'était de loin le meilleur plat que je mangeais depuis le jour de la tornade.

– Tu sais, même si nous n'avions plus de nouvelles de Chrissy depuis presque seize ans, ta grand-mère se réveillait chaque jour en espérant qu'elle reviendrait. Je te promets qu'elle souffre. Elle a l'impression que ce sont seize années gâchées.

Il s'est arrêté pour battre les cartes avant d'étaler une nouvelle main devant lui en ajoutant :

– Nous souffrons tous les deux. Nous ne savions même pas que tu avais une demi-sœur.

– Une sœur.

– Autant pour moi, m'a-t-il répondu sur un ton parfaitement neutre. Ta sœur.

J'ai fini ma purée en léchant ma fourchette et je suis allée rincer l'assiette avant de la ranger dans le lave-vaisselle. Puis j'ai fouillé dans les placards pour trouver un verre et j'ai bu un grand verre d'eau du robinet. C'était bizarre, j'agissais de façon très naturelle, comme à la maison, alors que je n'étais pas chez moi et que je ne voulais pas l'être. C'était ça que maman voulait dire quand elle parlait de contagion ? Peut-être que j'étais en train de me faire avoir.

– On ne sait jamais, a repris mon grand-père, ta grand-mère et toi, vous vous consolerez peut-être mutuellement.

J'ai fait une moue signifiant que j'en doutais, mais il ne m'écoutait plus, de nouveau plongé dans sa réussite. J'y ai jeté un œil. Il aurait pu poser l'as de cœur au sommet, ce qui lui aurait libéré une série entière. Mais je n'ai rien dit

Je suis retournée dans ma chambre et je me suis blottie au fond de mon lit, enfin rassasiée, et épuisée.

Trois secondes plus tard, je dormais.

22

Le lendemain matin je suis rentrée dans ma chambre après avoir pris ma douche et j'ai découvert que mon portable était mort. Je savais que ça arriverait, mais j'étais désespérée. C'était trop triste, trop violent, le dernier lien avec mon ancienne vie avait rendu l'âme.

Ma grand-mère avait déposé sur la commode une assiette de biscottes Pop-Tarts avec un verre de jus de pomme. J'ai tout mangé avant de m'asseoir en réfléchissant à ce que je pourrais faire.

Je n'avais pas envie de regarder la télé parce que je ne voulais pas aller dans le salon. Mais je m'ennuyais, j'étais toute seule, et à un moment ou un autre il faudrait que je sorte de ma chambre et que je discute avec mes grands-parents, puisque je n'avais pas d'autre endroit où aller.

J'ai pris le téléphone que m'avait laissé ma grand-mère la veille et je suis sortie : j'avais repéré une balancelle en toile rayée donnant sur un jardin parfaitement entretenu. J'ai commencé par appeler Dani.

- Tu dois m'en vouloir à mort, non ?

– Non. J'aurais préféré que tu me préviennes, mais je ne t'en veux pas tant que ça.

– C'est maman, a-t-elle ajouté en baissant la voix. Elle a peur que tu fasses, genre, une dépression, et qu'elle soit obligée de s'occuper de toi. Tu tiens le coup ?

– Comment ça, je tiens le coup ?

– Tu tiens le coup, tu n'as pas de dépression ? Quand même, ta mère est morte !

– Je le sais, qu'elle est morte, Dani. Je ne crois pas, enfin je ne sais pas, ça fait quel effet, une dépression ?

Quelle peau de vache, la mère de Dani ! Refuser de me recevoir au moment où j'en avais le plus besoin... Maman avait raison, les parents de Dani avaient une sale mentalité de gros bourgeois.

– Aucune idée. Genre, tu pètes les plombs. Moi, à ta place, j'aurais pété un câble.

J'ai senti une rage que je connaissais par cœur monter en moi, mais pourquoi, pourquoi ? J'étais triste, j'avais peur, je me sentais abandonnée, ce qui me semblait normal, mais je n'avais jamais été colérique, alors pourquoi cette rage qui revenait sans cesse ? À force d'en vouloir à la terre entière, j'avais l'impression de devenir folle.

– Oui, peut-être. Oh, je ne sais plus, laisse tomber.

– Non, c'est important.

– Pas pour quelqu'un comme ta mère.

– T'es pas juste, Jersey. Ma mère a pas mal de problèmes, je vais te dire.

Sans blague ? j'avais envie de lui hurler. *Quoi, par exemple ? Sa terrasse a été abîmée, c'est ça ? Elle a été privée de sèche-cheveux pendant une semaine ? La pauvre chérie s'est cassé un ongle en ramassant des planches dans sa contre-allée ? Mon Dieu, mais comment fait-elle pour s'en sortir ?*

– Allô ?

– Oui, je suis là.

– Au fait, c'est pas pour changer de conversation mais j'ai eu des nouvelles de Kolby.

– Quoi ?

– Il paraît qu'il a une infection bizarre au bras.

– Oui, je sais. J'ai essayé de l'appeler et il est hospitalisé à Milton.

– On m'a dit que c'était grave.

– À quel point ?

– Je ne sais pas.

Quelque chose dans sa voix me disait qu'elle savait mais ne voulait pas me le dire. Il fallait que je parle à Kolby.

– Bon, il faut que j'y aille. Je te rappellerai.

– D'accord. Mais pour maman, pardon, ne m'en veux pas.

Laisse tomber, enrageait mon esprit.

– Je ne t'en veux pas. C'est bon. Je vais appeler Kolby.

– Rappelle-moi si tu as des nouvelles. Tout le monde s'inquiète.

J'ai raccroché et j'ai tout de suite appelé Kolby en donnant des coups de pied qui soulevaient des myriades d'insectes.

– Allô ?

Ce n'était pas la voix de Kolby.

– Tracy ? C'est Jersey. Je peux parler à Kolby ?

– Hum... Jersey ? Ouais, enfin, euh... je vais voir.

J'ai cru attendre une éternité, jusqu'au moment où j'ai eu la surprise de reconnaître la voix de Kolby

– Salut. (Il avait l'air un peu dans les vapes.) Tu es rentrée à Elizabeth ?

– Non, je suis à Waverly chez mes grands-parents. Et toi, qu'est-ce qui se passe ? C'est grave ?

– Non, ça va, mais mon bras s'est infecté. Une espèce de mycose avec un nom à coucher dehors. Le médecin m'a dit que ça arrivait relativement souvent après une catastrophe naturelle.

– Tu vas t'en sortir ?

– Oui, mais j'ai pas mal de tissus endommagés. C'était assez dégueu. On aurait dit un truc de BD. J'ai cru que j'allais me retrouver avec un bras style bionique, a-t-il ajouté en pouffant.

– Mais ça y est, tu es guéri, non ?

– Plus ou moins. Ils ont dû me greffer de la peau. (Il a gloussé.) Les mecs m'ont pris un bout de la peau des fesses pour me la greffer sur le bras.

– Attends, tu as carrément été opéré ?

– Oui, mais je sors bientôt. Il faut que je me repose pour que ça cicatrise, mais ça va.

– Oui, enfin, pas si bien que ça.

Kolby qui jouait au base-ball dans la rue tout l'été, qui était fou de skate-board, qui poussait sa petite sœur sur leur balançoire, qui avait sauvé sa mère à l'aidant à sortir de la fenêtre de leur cave le jour de la tornade, Kolby avait dû être opéré pour une blessure au bras ?

– Bon, a-t-il dit en bâillant. Va falloir que je te laisse. Les antidouleurs commencent à faire de l'effet, et je suis capable de dire n'importe quoi, genre, déclarer ma flamme à ton petit doigt de pied, je te promets !

J'ai reconnu un sourire dans sa voix, mais j'étais bouleversée.

– Je comprends. Appelle-moi pour me dire quand tu sors de l'hôpital. Prends soin de toi, au sens propre, vraiment.

– Ne me donne pas d'ordres, sinon tu vas avoir affaire à mon nouveau bras en peau de fesse !

– Je suis sérieuse, Kolby, me suis-je défendue sans pouvoir m'empêcher de sourire. Je n'aimerais pas que tu aies un pépin.

– Tu ne serais pas un peu amoureuse, par hasard ?

– Tu n'imagines pas, j'ai répondu en fermant les yeux.

J'ai lâché le téléphone. La mère de Dani avait peut-être raison, je craquais et je ne m'en rendais pas compte. C'était sans doute ce que ça voulait dire, péter un câble.

– Jersey ?

C'était la voix de ma grand-mère qui venait de la porte vitrée coulissante.

– Oui ?

– On va faire des courses au supermarché, tu veux venir ?

J'ai hoché la tête. *Après tout, le supermarché, pourquoi pas ? C'est le lieu le plus normal et le plus sain, alors ça devrait m'aider à me sentir saine et normale, non ?*

Une demi-heure plus tard, je voguais entre les rayons de céréales et de pain après avoir laissé les étagères de pâtes et de boîtes de conserve. Mes grands-parents bavardaient, lisaient tout haut les étiquettes, repéraient les promotions et me harcelaient de questions.

– Jersey, tu aimes la spécialité du Sud, les biscuits en sauce ? C'est une des recettes préférées de ton grand-père.

– Oui, pourquoi pas ?

– Jersey, quel type de déodorant tu portes, ma chérie ? Tu as besoin d'un rasoir, Jersey ? D'une brosse à cheveux ? Tu aimes les barres protéinées ? Tu bois beaucoup de lait ? Tu manges des oranges, Jersey, Jersey, Jersey... ?

– Oui, merci, c'est super...

Ma grand-mère était tellement excitée qu'elle s'arrêtait tous les dix mètres pour me présenter à quelqu'un, toujours sur le même mode : *Je vous présente Jersey, ma petite-fille. Vous avez dû entendre parler de la tornade à Elizabeth. Quel drame ! Nous avons perdu notre fille unique. C'est un traumatisme pour toute la famille, mais nous faisons face, n'est-ce pas, Jersey ?*

Suivaient alors les présentations proprement dites, comme dans une soirée mondaine : *Jersey, je te présente Anna, et Mary, et Mrs Donohue... Son fil est officier de marine, sa fille est professeur d'anglais dans une université, c'était la baby-sitter de ta mère, tu imagines ?*

Aux yeux du monde, nous étions une jolie famille qui venait de se retrouver, et mes grands-parents étaient des bons samaritains qui avaient recueilli une pauvre petite fille cernée et aux cheveux violacés qu'ils ne connaissaient pas mais qu'ils aidaient à reconstruire sa vie. Nous faisions des courses ensemble. Nous étions si mignons...

J'avais la nausée.

J'avais envie de hurler, de fuir, de courir sur le parking pour balancer toutes les boîtes de haricots verts à travers les fenêtres, de saccager les phares de la bagnole de cette Anna, mère d'un officier de marine. Je rêvais de m'allonger sur le carrelage glacé en y appuyant la joue, de dormir, de pleurer, enrager, frapper, taper, faire mal aux autres et me faire mal à moi.

Mais j'étais là, hochant la tête et répondant tranquillement aux questions.

Pourquoi ? Parce que je n'avais pas le choix.

23

La galerie commerciale de Waverly se résumait à deux grands magasins dont chacun avait un rayon d'alimentation, et très peu de clients. Une fois achetées les provisions, ma grand-mère m'a emmenée au rayon vêtements en me posant toutes sortes de questions sur ma taille et mes goûts, avant de m'accompagner dans les cabines d'essayage avec des brassées de shorts, de soutiens-gorge et de hauts. J'ai tout essayé, bien sagement, mais chaque fois que je sortais de la cabine j'avais l'impression de sortir d'un rêve. Je ne me souvenais pas de ce que j'avais choisi car je m'en fichais comme d'une guigne.

J'avais enfilé des nouvelles chaussures et mis des jolies boucles d'oreilles scintillantes, et je portais les sacs en suivant ma grand-mère qui s'était lancée dans un monologue sans fin sur le caractère changeant de la mode. *Tu portes souvent des shorts, Jersey ? Oh, Jersey, que penses-tu de ce chemisier, tu ne trouves pas que ces petits cœurs sont adorables ? Tiens, Jersey, essaie celui-ci. Je suis sûre qu'il t'ira très bien. Quel genre de vêtements tu portais chez toi, Jersey ?* Je n'en pouvais plus, ses commentaires m'épuisaient, si j'avais pu, j'aurais chanté à tue-tête pour couvrir sa voix.

Autant chez mes grands-parents paternels je pouvais me fermer comme une coquille et m'isoler, autant ici c'était impossible. J'étais sous un microscope, chauffée par la lampe, analysée, étudiée, jaugée. Mes grands-parents m'emmenaient dans tous les rayons, me présentaient aux gens, me proposaient de participer à la moindre activité, incapables de comprendre que toute cette agitation maintenait ma cicatrice grande ouverte, trop exposée pour se refermer.

– Tu veux déjeuner, Jersey?

– Je veux bien, oui.

– Tu aimes les nachos?

– Oui.

Je me suis assise à la table d'un restaurant couvert au milieu des sacs de courses pendant que ma grand-mère allait acheter une grande assiette de nachos à partager. Peu après elle est revenue et nous avons commencé à déjeuner. Je prenais un dernier morceau de nacho quand elle m'a demandé de but en blanc :

– Ça te ferait plaisir d'aller à l'église avec moi un dimanche, Jersey?

– Non.

– Tu sais qu'il y a beaucoup de jeunes de ton âge. Ce serait l'occasion de faire leur connaissance avant la rentrée.

La rentrée, le lycée, la terminale où je serais une « nouvelle » : non, je préférais ne pas y penser, c'était au-dessus de mes forces.

– Non, j'ai répété en laissant tomber mon dernier morceau de nacho avant de m'essuyer les mains.

– Mais pourquoi pas?

– Parce... *Parce que tout recommencer à zéro, ça m'épuise. Parce que j'ai besoin de repères connus. Parce que me faire de nouveaux amis, ça veut dire abandonner mes vieux amis. Parce que je n'arrive pas à réfléchir quand je t'entends répéter mon prénom...*

– Parce que je n'ai jamais mis les pieds dans une église.

– Ah bon ? Chrissy ne t'a jamais emmenée à l'église ?

J'ai secoué la tête en tâchant d'avoir l'air parfaitement sûre de moi, comme si maman avait de bonnes raisons pour cela. D'ailleurs comment elle, qui n'avait pas vu sa fille pendant plus de quinze ans, osait-elle m'interroger à ce sujet ?

– Ça m'étonne. Chrissy adorait aller à la messe. Elle y allait tous les dimanches, jusqu'au jour où elle est tombée sur Clayton Cameron. Mais je pensais qu'après la séparation, elle y était retournée, comme si c'était sa famille.

– Non, sa famille, c'était moi.

J'essayais d'imaginer maman dans une église... Plus je découvrais des nouvelles facettes de sa personnalité, plus j'avais de mal à voir son visage. La version de Clay, celle de mes grands-parents, ma version – toutes ces images se mêlaient, se brouillaient et s'annulaient dans ma mémoire. Je commençais à me demander jusqu'à quel point je connaissais maman.

– Bon, mais ça te dirait de venir un jour ? m'a proposé ma grand-mère. Si tu détestes, je te promets que je ne t'obligerai pas à y retourner. À l'époque, l'église avait une place importante dans la vie de ta mère. Comme ça, tu découvriras l'environnement dans lequel elle a grandi.

J'ai fait la moue mais je sentais ma résistance faiblir. Je me voyais déjà en train de remonter l'allée centrale de l'église sous les regards de tout le monde, mortifiée, dans cette atmosphère oppressante. En train de regarder le plafond et de demander : *Pourquoi ? Comment as-tu osé m'infliger ça ?*

Mais je m'imaginais aussi enveloppée par la présence de maman, son passé, son histoire. Découvrant peu à peu un nouveau versant de sa personnalité.

– Je vais aller dans le même lycée qu'elle? ai-je demandé pour retarder ma réponse.

– Oui. Waverly Senior, et vous, les élèves, vous êtes les Tigers.

– À Elizabeth, c'était les Barking Bulldogs.

Comme si c'était important! Cela dit, je n'ai pas pu m'empêcher de penser à Marine chantonnant *Barking Bulldogs! Barking Bulldogs!*

– J'ai entendu dire que vous aviez une sacrée équipe de foot. Tu connaissais des jeunes dans l'équipe?

Bien sûr que j'en connaissais. Je les connaissais tous, même. Nous avions grandi ensemble. D'ailleurs je me demandais combien d'entre nous joueraient à la prochaine rentrée.

– Moi, je faisais partie du club de théâtre.

– Formidable! Tu as joué dans quelles pièces, Jersey?

Je ne pouvais pas lui en vouloir de me poser la question. La plupart des gens me la posaient. Ils avaient du mal à imaginer que quelqu'un adorant le théâtre choisisse de s'occuper des éclairages plutôt que de jouer. J'ai reculé sur ma chaise qui a grincé en résonnant dans la galerie. Tous les regards se sont tournés vers nous.

– J'ai besoin d'un nouveau portable, ai-je dit soudain pour changer de sujet. Le mien a été coupé.

– Bien sûr, mais il vaut mieux qu'on paie ta dernière facture et que ton forfait soit transféré à notre nom, comme ça tu garderas le même numéro.

– D'accord. Dans ce cas-là, on peut rentrer.

Je n'étais même plus d'humeur à apprécier sa proposition

qui signifiait que je gardais non seulement mon portable, mais toutes les photos qu'y étaient stockées. Elle s'est levée sans un mot et m'a suivie jusqu'au parking alors que j'avançais en boudant, portée par cette étrange colère qui me poursuivait, malgré moi, comme mon double.

24

Deux semaines s'étaient écoulées depuis que ma grand-mère m'avait proposé d'aller à l'église. J'espérais qu'elle avait oublié, jusqu'au jour – un dimanche – où elle est apparue dans l'encadrement de la porte de ma chambre. Elle avait abandonné son ensemble pull-tunique pastel pour une robe, malheureusement ses collants soulignaient ses varices et ses doigts de pied qui dépassaient de ses sandales en raphia.

Je jouais aux cartes sur mon lit et j'ai fait semblant de ne pas l'avoir remarquée. J'avais été présentée à tout le monde, emmenée partout, et j'étais ravie d'avoir la paix. J'étais devenu experte dans l'art de me rendre invisible. J'aurais rêvé de devenir experte dans l'art de les rendre, eux, invisibles.

– Jersey?

J'ai fermé les yeux pour ne pas hurler en entendant pour la énième fois mon prénom avant une énième question.

– Tu es sûre que tu ne veux pas venir à l'église?

– Non merci.

Hélas, plutôt que de la dissuader, ma sécheresse l'a encouragée. Elle est venue s'asseoir au bord de mon lit, faisant glisser les cartes que j'avais ramassées avant de les rassembler.

– Ça pourrait t'apporter du réconfort.

Si je n'avais pas eu autant de haine en moi, je crois que j'aurais été touchée par la douceur de sa voix. Sa sollicitude envers moi était sincère. Comme le jour où elle m'avait déposé une assiette de biscuits faits maison sur la commode, ou le jour où elle m'avait acheté un nouveau bandeau, ou un chemisier, ou je ne sais quel accessoire pour m'aider à reconstruire ma vie.

Elle me faisait de la peine parce qu'elle ne se rendait pas compte que maman m'avait élevée comme si elle était l'ennemi, comme si l'aimer, c'était trahir maman. Elle ne se rendait pas compte qu'au fond de moi, j'étais brisée, que même si je le voulais, je ne pouvais pas lui permettre d'entrer, parce que la partie de moi qui aimait avait disparu. Elle ne se rendait pas compte que tout en appréciant la maison, je n'avais qu'une envie, partir. Et si je partais, ce serait pour toujours.

– Je n'ai pas besoin qu'on me réconforte, ai-je bredouillé en battant mes cartes avec une agilité impressionnante.

– Si, Jersey, tu as besoin de consolation. Tu en es consciente, non? Tu as presque tout perdu, alors ça pourrait être un premier pas.

J'ai fait tomber deux cartes. Furieuse, j'ai tapé du poing contre ma cuisse.

– Arrête! ai-je répondu en tâchant de rester polie. Arrête de répéter mon prénom tout le temps. Ça fait débile.

Elle est sortie sans un mot, et sans m'appeler par mon prénom, Dieu merci.

Je n'ai pas fait un geste, et peu après, j'ai entendu la porte d'entrée claquer et j'ai vu sa voiture démarrer derrière la fenêtre.

Discrètement je suis allée dans le salon pour regarder la télévision pendant que j'étais seule. Malheureusement, mon grand-père était resté, et je suis tombée sur lui dans la cuisine, avec sa chemise à carreaux et sa casquette de base-ball, en train de faire une réussite.

J'ai pris une boisson dans le frigidaire, mais au moment où je sortais j'ai vu qu'il avait oublié de bouger l'as.

– Tu sais qu'on peut placer cette carte au-dessus, non?

Il m'a toisée comme s'il se demandait qui de nous deux était meilleur comédien. Ni l'un ni l'autre, sans doute.

– Euh?

J'ai pris l'as que j'ai déposé sur le haut du paquet.

– Voilà, et maintenant tu peux commencer une nouvelle pile. Même combinaison, puisque l'as équivaut à un. Et tu peux retourner celle-là.

Là-dessus j'ai ressorti la carte qui était sous l'as, un dix de pique qu'il pouvait exploiter.

– Je n'ai jamais été très bon.

– Si tu as toujours joué comme ça, je veux bien le croire.

J'ai ouvert ma canette et je l'ai vu bouger deux ou trois cartes avant de se retrouver de nouveau bloqué. Je l'ai aidé en plaçant une reine sur un roi; manque de chance, il était encore coincé et il a été obligé de reprendre toutes ses cartes.

– Tu joues souvent aux cartes? m'a-t-il demandé d'un air intrigué.

J'ai haussé les épaules en buvant une première gorgée. Je n'avais pas envie de répondre. J'avais l'impression d'être interrogée par un de ces psys que l'on voit à la télévision, prêts à vous piéger pour que vous fondiez en larmes, genre dis-moi-tout-ma-chérie.

– Ta mère y jouait beaucoup, a-t-il continué, ignorant que je l'ignorais. Elle était particulièrement bonne au Go Fish.

Je l'ai regardée d'un air étonné. Maman jouait très rarement aux cartes, et il fallait que je la supplie pour qu'elle accepte parce qu'elle avait horreur de ça. Encore une facette de sa personnalité que je découvrais.

– Elle tient ça de moi, a ajouté mon grand-père en pouffant. Je suis imbattable.

J'ai levé les yeux au ciel en émettant un bref *pffff*.

– Tu ne me crois pas ? Je te promets. Tu serais incapable de me battre.

– Ça m'étonnerait.

– Comment ? a-t-il répliqué en entourant une oreille de ses deux mains. Je n'ai pas entendu, tu sais que je suis un vieux monsieur.

– Ça m'étonnerait que tu me battes.

– Tu crois ?

– Oui, parce que les cartes, c'est mon truc. J'ai appris en colonie de vacances. Je connais quasiment tous les jeux.

– Tu connais les règles du Humbug par exemple ?

– Je te l'ai dit, j'ai un don pour les cartes. On parie ?

Il a distribué les cartes en retournant la dernière, et c'était parti… J'avais oublié le plaisir de jouer avec un partenaire.

L'avantage des cartes, c'est qu'on peut y jouer avec n'importe qui, des amis, des ennemis, de parfaits étrangers. C'est d'ailleurs avec des inconnus que je préfère jouer parce qu'on est plus concentré, moins influencé par le partenaire.

– Tu as appris en colonie de vacances, c'est ça ?

– Oui, j'ai eu un moniteur qui avait un livre avec toutes les règles, mais je le battais à plates coutures à tous les coups.

– Ma mère, ton arrière-grand-mère – elle s'appelait Elora, tu ne l'as pas connue –, était un génie des cartes.

Il s'est interrompu pour que chacun abatte son jeu et l'a emporté. J'ai été surprise.

– Elle avait toujours un jeu dans son sac. Elle m'a appris plein de jeux, mais celui-ci, je l'ai appris à l'armée.

Nous avons joué un moment en silence jusqu'à ce que je l'emporte et rassemble les cartes pour les redistribuer.

– Un rami?

Son sourcil a frémi comme pour me signaler que je commettais une erreur, mais il m'a fait signe de distribuer.

– Patty est un peu maladroite, parfois, a-t-il déclaré en déployant ses cartes en éventail. Elle est un peu insistante, mais je te promets qu'elle ne pense pas à mal.

– Je n'ai jamais été à la messe, ai-je murmuré en sachant trop bien où il voulait en venir.

– Moi non plus, d'ailleurs c'est son église, pas la mienne.

– Je ne savais pas que maman aimait y aller.

– Oh que si ! Ta grand-mère et moi, nous avons été très surpris d'apprendre qu'elle ne t'y a jamais emmenée. C'est pour ça qu'elle pense que ça te réconforterait, que ça te rapprocherait de ta mère. Ça pourrait t'aider de prier pour elle, un peu. Ou même de prier pour toi, pourquoi pas? Dieu sait si j'ai donné quand j'étais plus jeune ! Cela dit, tu n'as pas besoin d'être dans une église pour prier.

– Je ne sais pas comment on prie.

Au moment même où je le disais, j'ai pensé que c'était peut-être ça qui m'empêchait d'avancer. Non pas que je n'aille pas à l'église ou que j'en veuille à ma grand-mère. Mais quand maman et Marine sont mortes, j'étais en état de choc, ensuite, j'avais été privée d'enterrement, et j'avais dû affronter les problèmes de la vie à Caster City. J'avais découvert les mensonges, découvert que je connaissais très mal maman, ce qui m'avait mise hors de moi. Je ne savais plus comment m'adresser à maman depuis qu'elle était partie. Et je me sentais coupable. Maman et Marine étaient mortes depuis plus d'un mois et jamais je ne m'étais adressée à elles. Je ne leur avais jamais avoué à quel point elles me manquaient, ni ce que je ressentais, que finalement je comprenais, je ne leur en voulais pas d'avoir été absentes quand la tornade avait frappé, je n'éprouvais même plus de haine pour Ronnie.

J'ai déposé mes cartes, soudain trop épuisée pour continuer. Mon grand-père a pris une carte pour la poser sur la pioche en poursuivant :

– Je ne suis pas prêtre, mais j'imagine qu'il suffit de dire ce qu'on a sur le cœur pour prier. Tu n'as besoin d'avoir des formules très précises. Mais ta grand-mère est plus calée que moi en la matière. Tu devrais l'interroger.

C'était justement le problème. J'avais trop de choses sur le cœur, trop d'émotions qui se contredisaient, qui n'avaient pas de sens, qui évoluaient sans cesse. Comment s'adresser à maman avec un cœur qui ne se comprenait pas lui-même ? Que dire ?

La porte du garage a grincé : je n'avais pas vu passer l'heure. Peu après ma grand-mère est entrée avec son sac marron clair de vieille dame et une grande paire de lunettes de soleil, et elle nous a regardés, interloquée.

– On déjeune? a-t-elle proposé en retirant ses lunettes et déposant son sac sur le plan de travail.

– Un peu, oui! s'est exclamé mon grand-père en abattant une dernière carte avant de l'emporter. Je meurs de faim!

– Non, merci. J'ai besoin d'aller m'aérer.

Ils n'en revenaient pas. Je jouais tranquillement aux cartes avec mon grand-père et elle devait se dire que j'étais en train de tourner une page. Que c'était peut-être le début d'une vraie relation entre elle et moi. Une étape décisive.

Mais c'était trop. Je ne savais plus ce que je pensais ni ce que je ressentais; j'avais besoin de temps, d'espace, pour réfléchir.

25

La journée était nuageuse, mais la température agréable. Le voisin tondait sa pelouse. J'ai pris une longue respiration pour humer le parfum de l'herbe fraîchement tondue mêlé aux vapeurs d'essence. Un flot de souvenirs m'est brusquement revenu en mémoire.

Marine, dehors, avec sa tondeuse en plastique, poursuivant Kolby qui creusait de longs sillages avec une vraie tondeuse dans le jardin d'à côté. Elle était pieds nus, les ongles vernis, rose pâle nacré, et portait un justaucorps, celui qui avait une coccinelle sur la poitrine et datait du spectacle de printemps de sa maternelle. Et elle chantait, même si les paroles étaient noyées par le bruit de la tondeuse.

Maman était à genoux au milieu des fleurs avec des gants de jardinage à rayures bleu et gris trop grands pour elle. Elle tenait une poignée de mauvaises herbes dans la main gauche, dont elle s'apprêtait à déraciner les racines coriaces avec la droite, tout en me posant des questions sur le lycée.

– Comment va Jane ?

– Très bien. Elle a eu une mention spéciale à l'audition de la fondation des Nations unies le week-end dernier.

– Formidable ! Tu la féliciteras de ma part. Et toi ?

– Oh, moi, pas grand-chose. En théâtre, on travaille des monologues. Dani doit jouer un passage d'*Alice au pays des merveilles*. Elle est géniale. Mrs Robb a pleuré en l'écoutant.

– Et toi, tu joues quel extrait ?

– Aucun, je m'occupe des éclairages. On n'est pas obligé de dire un monologue.

– Mais pourquoi pas ?

J'étais en train de siroter une limonade que maman avait préparée parce qu'elle était rentrée du bureau plus tôt. Elle avait même acheté des framboises fraîches – un fruit qu'on pouvait rarement se permettre – pour le plaisir d'en faire tomber deux ou trois au fond du verre. La porte d'entrée était ouverte et la maison paraissait plongée dans l'obscurité derrière la moustiquaire. Tout le quartier était dehors, les gens jouaient ou travaillaient à l'extérieur pour profiter de la douceur du début de la soirée.

C'était le bonheur. Un jour ordinaire, comme le lendemain, le surlendemain... mais c'était le bonheur.

Et aujourd'hui, j'étais là, errant dans un quartier inconnu, seule, sachant que plus jamais je n'irais dans le jardin avec Marine, maman et Kolby. J'ai croisé plusieurs voisins qui m'ont jeté un drôle de regard. Je me demandais qui parmi eux était au courant de mon histoire. Vu la taille de Waverly, sans doute la plupart. Dans ce genre de petites villes, les rumeurs sont le passe-temps préféré des gens. Et les histoires de scandales, de mort ou de destruction, la cerise sur le gâteau. La mienne était un parfait mélange des trois ingrédients.

Tu crois que c'est la petite-fille de Patty et Barry ?

Bien sûr, ça doit être la fille de Chrissy, l'ingrate.

Il paraît qu'elle a tout perdu dans cette épouvantable tornade, à Elizabeth. Tu imagines ?

Pauvre gosse. Si sa mère était restée ici...

Je me sentais minable sous leurs regards insistants. Mais peut-être que j'étais parano. J'ai baissé les yeux en continuant ma route...

J'étais déjà assez loin de chez mes grands-parents, j'avais donc intérêt à faire demi-tour. Non pas que j'en meure d'envie, mais le ciel était de plus en plus sombre et j'entendais le tonnerre gronder au loin. La tempête guettait. Comment n'y avais-je pas fait attention en partant ?

Le vent s'est levé et j'ai vu les cheveux des fillettes qui jouaient au ballon fouetter leur visage alors qu'elles criaient de plus en plus fort pour couvrir le sifflement des rafales.

Les nuages semblaient courir et défiler dans le ciel, cachant le soleil. J'avais froid. C'était la première tempête que je vivais depuis les deux jours de pluie qui avaient suivi la tornade. J'ai accéléré, à bout de souffle, longeant le trottoir en priant pour arriver avant l'orage.

Je paniquais et je n'arrivais pas à me raisonner. Mais pourquoi ? Pourquoi ? Jamais je n'avais perdu mes moyens à ce point-là. Assez ! Je voulais qu'on me rende ma vie d'avant. C'était trop injuste, trop triste, trop effrayant. J'avais l'impression de me dissoudre, de me perdre.

Les grondements de tonnerre se sont rapprochés, quand soudain Marine et maman sont apparues, reculant de la fenêtre du studio de danse au milieu des hurlements des petites filles ; le portable de maman vibrait dans sa poche parce que je l'appelais, puis je la voyais, le téléphone plaqué contre l'oreille, criant, demandant à tout le monde de se protéger, incapable de m'entendre à l'autre bout de la ligne.

Je les voyais toutes les deux, main dans la main, traversant la rue en courant jusqu'au supermarché et entraînant une cohorte de petites filles en justaucorps pailleté et chignon de danseuse. J'entendais leurs cris de terreur, je sentais l'électricité dans l'air, la clameur des sirènes résonnant dans leurs corps.

Je les voyais, les yeux grands ouverts, terrorisées par l'apparition de la tornade, serrées les unes contre les autres alors que tout explosait, les voitures, les lampadaires, des toits entiers, telle une immense décharge projetée dans le ciel avant de s'écraser dans les rues.

Elles étaient transies de peur – une peur mêlée à l'instinct de survie – et se jetaient sous les rayonnages du supermarché en espérant être protégées...

Je suis arrivée au bout d'une rue où j'ai tourné pour arriver dans Flora Street ; vite, j'ai piqué un sprint tandis que de grosses gouttes commençaient à tomber. J'ai aperçu le ballon des fillettes rebondissant en tournoyant dans le vent au milieu de la rue.

Il faisait presque noir. Noir absolu.

J'ai accéléré. J'avais le ventre noué par l'angoisse.

Soudain j'ai dérapé pour m'arrêter, plaquant les deux mains sur les oreilles en entendant l'alerte.

26

Ma grand-mère était debout sur le perron et observait tour à tour le ciel et la rue. Elle était tellement inquiète qu'elle ne m'a pas vue tout de suite. Elle m'a appelée deux fois avant de me reconnaître au bout du trottoir, courant et trébuchant avec les mains plaquées sur les oreilles.

Ce fut plus fort que moi, mon cœur a bondi de joie dès que nos regards se sont croisés.

– Jersey, enfin ! Je me faisais un sang d'encre, ma chérie.

La pluie a commencé à marteler au moment où je traversais le jardin. Je pouvais à peine mettre un pied devant l'autre. Le ciel était déchiré par les éclairs et j'ai cru que j'étais emportée dans l'œil de la tornade avec une myriade d'objets et de corps morts, dont maman et Marine.

Je ne sais pas comment j'ai fait mais j'y suis arrivée. J'ai réussi à entrer dans la maison sans prendre la main que ma grand-mère me tendait. J'ai foncé vers les escaliers de la cave sans allumer, mon cerveau me lançant soudain le flash de Meg et Lexi qui m'enfermaient en éteignant la lumière. Un flot de rage est monté en moi.

Curieusement, la cave m'a apaisée. Les sirènes se sont tues, le vent ne me fouettait plus les oreilles, et la pluie me semblait beaucoup plus éloignée, très haut au-dessus du toit. Mais j'avais encore des bourdonnements dans la tête. Mes oreilles vibraient et j'avais du mal à respirer alors que je faisais les cent pas en pleurant. Je ne comprenais pas. Je n'avais jamais paniqué à ce point-là un jour de tempête.

– Jersey?

C'était ma grand-mère. La cave fut inondée de lumière.

– Jersey, tu m'entends?

Était-ce sa façon de m'appeler? Ou ma peur? Les sirènes? Ou ce «Tu m'entends?», exactement ce que j'avais demandé à maman le jour de la tornade. La question à laquelle elle n'avait jamais pu répondre. Ou tout en même temps? En tout cas ma panique a repris. J'ai senti ma poitrine se comprimer quand soudain je suis tombée à genoux, surprise par la sensation. J'avais les mains qui tremblaient et j'avais l'impression que mes yeux sortaient de leurs orbites, mais je n'arrivais pas à voir ma grand-mère, ni les marches de l'escalier couvert de moquette sur lesquelles elle se tenait.

Je ne voyais plus que le dessous du billard de Ronnie, les papiers qui voltigeaient autour de moi, le cendrier qui roulait. Je n'entendais plus que le fracas de la cuisine s'effondrant dans la cave, le rugissement du vent, mauvais, annonciateur de mort, les éclats de verre brisé, les grincements du bois qui se fendait. Et moi qui hurlais...

Hurlais, hurlais, hurlais si fort, les yeux fermés, que je ne savais plus où j'étais. La peur me rendait folle. La peur qui était née le jour où maman avait emmené Marine à la danse et n'était jamais revenue. La peur que je tâchais de maintenir à distance, mais qui avait pénétré au plus profond de moi au fil des jours qui avaient suivi la tornade, quand j'étais dans le motel avec Ronnie, et au cours de ces nuits où je me demandais à quelle sauce Meg et Lexi allaient me manger. La peur qui m'avait envahie et avait eu raison de moi.

J'ai cru que je mourais – vaincue, gisant à côté de maman et Marine.

Combien de temps suis-je restée dans cet état ? je ne sais pas. Peu à peu, comme si je remontais du fond d'une piscine et reprenais ma respiration, j'ai commencé à reconnaître l'environnement autour de moi, la voix de ma grand-mère qui m'appelait, ses mains agrippant mes épaules.

– Jersey ! Jersey ! Arrête de crier ! Tout va bien.

Elle me secouait de toutes ses forces et je sentais ma tête osciller sur mes épaules jusqu'au moment où les cris ont... cessé. J'ai mis du temps à reprendre mon souffle, puis j'ai ouvert les yeux et à travers mes larmes j'ai vu ma grand-mère agenouillée à côté de moi avec un air sévère.

– Arrête ! Arrête de hurler ! Il n'y a plus de sirènes. Le temps s'est éclairci, il va bientôt faire beau.

Elle s'est relevée en m'observant avec un air grave, et je me suis demandé si cette femme aux traits durs était celle que maman détestait tant.

– Tu ne peux pas disparaître comme ça, ma chérie. Nous étions extrêmement inquiets. Grand-père est parti à ta recherche.

– C'est pas moi qui lui ai demandé d'aller me chercher.

– Tu aurais pu te blesser. Ou pire.

– Pire, ai-je répété avant d'éclater d'un rire noir, sans joie.

J'avais l'impression de mourir. De ne plus en finir de mourir. D'être la proie d'une douleur éternelle. Furieuse, la peur au ventre, j'ai levé les yeux vers ma grand-mère, et je me suis mise à lui débiter des mots terribles :

– Tu crois que j'aurais pu tout perdre? Manque de pot, c'est déjà fait. Ou pire, que j'aurais pu mourir? Eh bien, le pire c'est que je préférerais. J'aurais préféré mourir avec elles.

Je me suis redressée en ajoutant :

– La mort serait une délivrance.

Mes paroles l'avaient blessée mais je m'en fichais. J'étais au-delà. Défaite, perdue, accablée par ce cauchemar qui n'en finissait pas. Qu'est-ce que ça pouvait me faire que quelqu'un d'autre souffre? Bienvenue au club des blessés graves.

Elle m'a tendu la main, mais j'ai refusé.

– Jersey, ma chérie. Je sais que tu adorais ta maman mais...

– Je t'interdis de parler de maman. Elle te détestait. Elle s'est enfuie avant ma naissance et elle a coupé les ponts avec vous deux. Finalement c'est aussi bien qu'elle soit morte, parce qu'elle aurait préféré mourir plutôt que de savoir que je me retrouverais ici.

Ma grand-mère s'est raidie, mais j'ai vu qu'elle avait les yeux humides, et attendris.

– Malheureusement, tu n'as pas le choix, a-t-elle simplement répondu.

– En effet, je n'ai rien choisi. Et je ne sais rien de vous. Maman ne m'a jamais parlé de vous. Marine est née et a grandi sans grands-parents, c'est clair? Elle n'a jamais posé la moindre question sur vous parce qu'à ses yeux vous n'existiez pas. Alors je te remercie pour le « choix », mais non, très peu pour moi.

J'ai vu une larme couler sur sa joue douce et ridée, mais

j'étais dans un tel état que ça m'a fait plaisir. J'ai même souri, tout en ayant des remords. Je n'étais pas la seule à souffrir, et elle n'était pas responsable de ma douleur. En revanche, c'est elle qui prenait tout dans la figure.

– Jersey, a-t-elle fini par me dire, nous sommes là pour te soulager, te consoler.

Elle m'a tendu la main mais j'ai tourné les talons en me dirigeant vers l'escalier.

– On peut t'offrir des séances de soutien psychologique, si tu veux. Ton grand-père et moi, nous t'aimons.

J'ai grimpé comme une furie. Soutien psychologique ? Et puis quoi encore ? Comme si je ne sais quel psy avec ses techniques de travail du deuil allait me ramener maman et Marine.

– Manque de pot, moi, je ne vous aime pas, ai-je répondu froidement. Et personne à la maison ne vous aimait.

J'ai appuyé sur l'interrupteur pour l'enfermer dans le noir, comme Meg et Lexi

27

Il a plu toute la journée et toute la soirée. J'étais blottie sous mes couvertures et je regardais le ciel gris et les gouttes de pluie contre la vitre qui produisaient de drôles de petites silhouettes sur mon édredon. J'entendais des portes qu'on ouvrait et fermait délicatement, des paroles échangées tout bas, trop bas pour que je comprenne.

J'avais tout balancé à ma grand-mère et j'étais rongée par les remords. Parce que je l'avais blessée, mais aussi parce que je commençais à me poser des questions sur maman. Qu'est-ce qui me prouvait qu'elle n'avait rien à se reprocher ? Que mes grands-parents étaient les seuls coupables ? Pourquoi avait-elle réagi de façon aussi entêtée, insensible ? Et si j'étais en train de devenir comme elle ?

Oh, après tout, elle n'était plus là, alors était-ce si important ? La hache de guerre entre maman et ses parents était enterrée. Elle ne savait même pas que ses parents étaient allés à ses funérailles, ni que je vivais chez eux, d'ailleurs je me demandais ce qu'elle en aurait pensé.

Comme j'aurais voulu lui parler ! Lui poser toutes ces questions !

J'ai fermé les yeux en joignant les mains, mais quelque chose en moi avait peur de s'approcher de maman, même sous la forme d'une prière. Chaque fois que j'arrivais à formuler une pensée que je voulais lui adresser, mon cerveau reculait, mon cœur se refermait, au dernier moment les mots m'échappaient. Lui parler sous forme de prière signifiait qu'elle était morte, et ça, je refusais de l'admettre.

Ma porte s'est ouverte et quelqu'un a allumé. J'ai reconnu mon grand-père dans l'encadrement. J'étais surprise. En général c'était ma grand-mère qui venait. Jamais il ne s'était aventuré dans ma chambre.

– Grand-mère est allée se coucher. Elle était mal en point. Si tu as faim, il faudra que tu te prépares ton dîner. À moins que tu n'aies envie de beurre de cacahuètes et de confiture. Ça, je sais faire.

– Non merci, je n'ai pas faim, ai-je répondu en fixant les filets de pluie qui dégoulinaient le long de ma fenêtre. Mais il n'avait pas refermé la porte que mon ventre s'est mis à crier famine.

J'ai mis un certain de temps à me décider à aller dans la cuisine parce que je savais que je tomberais sur lui. Cela dit, quelque chose en lui me rassurait. Les cartes ? Peut-être. En tout cas j'avais l'impression d'avoir un lien secret avec lui. Il m'inspirait confiance. Et ça faisait longtemps que je n'arrivais plus à faire confiance à personne.

Il était là, jouant au solitaire. Et perdant, comme d'habitude.

– Pose le trois de pique au-dessus du deux, lui ai-je dit en passant.

Je l'ai aperçu qui prenait la carte pendant que j'ouvrais les placards jusqu'à ce que je trouve une boîte de macaronis au fromage. C'était la première fois depuis la tornade que je faisais quelque chose d'aussi banal que de me préparer des macaronis au fromage. Ce qui me soulageait. J'ai mis de l'eau à bouillir dans une casserole et j'ai attendu, un peu penaude.

– Tu as un valet, là, je n'ai pas pu m'empêcher de lui dire.

Il a hésité, puis je me suis approchée en lui indiquant :

– Ici. Mais je peux te demander une chose, grand-père : pourquoi est-ce que tu t'obstines à jouer à ce jeu ? Tu passes systématiquement à côté de la bonne carte.

– Pour entretenir mon agilité mentale. Tu imagines le nombre de cartes qui m'échapperaient si je ne jouais plus.

Il m'a souri et je n'ai pas pu me retenir de pouffer.

– Au contraire, tu n'en raterais aucune puisque tu ne jouerais pas.

– Oui, sans doute. Ou alors je les louperais toutes de A à Z. Bon, tu veux jouer avec moi ? Une partie de flip, ça te dirait ?

J'ai fait la moue. Le flip était une pure question de rapidité. Personne ne m'avait jamais battue au flip. Un jour Marine avait même éclaté en sanglots parce que la partie avait fini en jeu de massacre.

– Vas-y, je te laisse distribuer.

L'eau frémissait. J'ai versé les macaronis et mélangé avant de m'asseoir en face de mon grand-père qui comptait : vingt-six cartes pour chacun.

– Sacrée tempête, cet après-midi, non ? a-t-il lancé, l'air de rien.

Je n'avais aucune envie d'en parler. Aucune envie de lui avouer que je n'étais pas fière de mon comportement dans la cave ni de la façon dont j'avais traité ma grand-mère.

– Tu sais, dans la région, on a des tempêtes très violentes

tout l'été. Régulièrement, on se retrouve avec nos plants de tomates fichus, ou la grille du barbecue à l'autre bout du jardin. Un jour, il a grêlé tellement fort que les vasistas ont explosé.

Où voulait-il en venir ?

– Mais nous n'avons jamais eu de tornade. Pas une seule fois depuis les soixante-deux ans que je suis en vie.

J'avais compris. Il fallait que je me raisonne, que je me libère de mes angoisses, car les chances que je vive une nouvelle tornade étaient minimes. Les ravages qui avaient eu lieu à Elizabeth étaient inattendus pour une seule et bonne raison : les tornades de cette ampleur étaient une exception. La mort de ma famille était un accident hors norme et le risque qu'une tornade se reproduise égal à zéro ou presque.

D'accord, mais j'ai préféré changer de sujet

– L'autre jour tu m'as dit que tu avais appris à jouer à l'armée. Tu as fait la guerre ?

– C'est une longue histoire, mais oui, j'ai été au Vietnam.

Était-ce parce que jouer aux cartes me détendait ? Parce que je m'en voulais de mon attitude vis-à-vis de ma grand-mère ? Ou parce que j'étais tellement seule, tellement lasse de n'avoir que mes pensées pour me tenir compagnie ? J'avais besoin de parler.

– C'est bon, j'ai le temps.

Il m'a expliqué qu'il avait été envoyé au Vietnam comme simple soldat alors qu'il sortait à peine du lycée. Il était à l'autre bout du monde, dans un pays en guerre, il avait une peur bleue, un mal du pays épouvantable, et il était hanté par la moindre dispute qu'il se souvenait avoir eue avec les gens qu'il aimait. Tous les jours il voyait des hommes mourir à côté de lui. La nuit, il dormait très mal, il pensait à tous les moments heureux et malheureux qu'il avait vécus en famille en espérant que s'il mourait, il n'emporterait avec lui que les bons souvenirs. Il n'avait jamais eu de petite amie et il avait peur de disparaître sans jamais avoir été amoureux.

– C'était ce qu'il y avait de pire. J'aurais préféré aimer une femme et la quitter prématurément plutôt que de mourir sans avoir connu l'amour. Mais le hasard a voulu que je ne rencontre Patty qu'après le Vietnam. Le lendemain de mon retour, tu y crois ? Le lendemain !

J'ai pioché un neuf que j'ai déposé devant moi.

– Pourquoi est-ce que tu as refusé de parler à maman après... après... la séparation avec Clay?

Il a pris une carte en l'examinant.

– Je regrette qu'aucun de nous n'ait eu le courage de briser ce silence.

Ce fut sa seule réponse.

J'ai entendu un grésillement du côté de la casserole. L'eau venait de déborder. J'ai bondi pour remuer en baissant le gaz, mais toutes mes cartes sont tombées en se dispersant. Je me suis agenouillée pour les ramasser quand soudain j'ai remarqué un petit chat de porcelaine posé sur une étagère au ras du sol. C'était une petite chatte tigrée orange et blanc, avec le numéro trois sur le flanc et une patte tendue vers un papillon mauve.

– Il vient d'où ? ai-je demandé à mon grand-père, ahurie.

Il a froncé les sourcils avec son air débonnaire – qui pouvait être exaspérant.

– Ça ? Oh, je crois que c'était à Christine. Ta grand-mère

lui en offrait un tous les ans pour son anniversaire. Chrissy aimait beaucoup les chats et elle était très attachée à sa collection. Elle l'a laissée en partant. Ta grand-mère les a tous empaquetés avant de les mettre de côté, sauf celui-ci. Elle l'a conservé parce que c'était celui que Christine préférait.

Il a posé le chat sur la table en changeant de sujet :

– Tu ferais bien de t'occuper de tes macaronis, ils vont se remettre à bouillir.

J'ai retiré la casserole du feu avant de fouiller pour trouver une passoire et mélanger les macaronis avec du beurre et du fromage. Je pensais aux enveloppes en kraft qui arrivaient tous les ans et m'attendaient sur la table de la cuisine à Elizabeth.

– Je parie que c'est un nouveau chat ! je m'exclamais chaque année

Et chaque année je remarquais l'air sombre de maman qui me regardait ouvrir mon paquet. J'étais persuadée que son amertume était liée à mon père et que c'était la raison pour laquelle Marine n'avait jamais eu de chat.

Pourquoi m'avait-elle caché la vérité ? Pourquoi refusait-elle de me dire que c'était un cadeau de mes grands-parents qu'elle m'avait appris à détester ? Pourquoi ne pas reconnaître qu'ils n'étaient pas complètement absents, qu'ils me faisaient signe comme ils pouvaient une fois par an ?

Pourquoi ne *pouvait*-elle pas me dire tout ça ? Qu'est-ce qui l'en empêchait ? Comment avait-elle pu être aussi obstinée ? Aussi dure ?

Parce que jamais, jamais, elle n'aurait imaginé que je découvrirais la vérité, voilà pourquoi. Jamais elle n'aurait imaginé qu'un jour je jouerais au split avec son père dans la cuisine où elle avait pris tous ses repas. Quelle que soit la cause de leur brouille, elle ne pouvait pas savoir qu'un jour j'apprendrais la vérité.

J'ai pris une assiette creuse dans un placard et je me suis servi des macaronis.

– Il t'en reste un peu ? m'a demandé mon grand-père.

Il avait ramassé toutes les cartes avant de les redistribuer.

– Tricheur ! Tu les as distribuées dans mon dos, lui ai-je lancé en prenant une seconde assiette.

– Moi, tricheur ? Je ne suis qu'un vieil homme parfaitement innocent.

– *Snif, snif*... Je ne veux pas le savoir ! Allez, vieil homme nouvelle donne !

Je lui ai tendu son assiette pendant qu'il rebattait les cartes en pouffant, et j'ai soufflé sur la mienne en caressant du regard le petit chat de porcelaine. J'avais été une vraie peste avec mes grands-parents. Je refusais de leur adresser la parole. Je refusais d'être aimable. J'avais jeté des horreurs à la figure de ma grand-mère, et son unique réponse avait été de me dire qu'elle m'aimait. Ils étaient tous les deux compréhensifs, même quand je boudais, quand j'étais injuste, égoïste, odieuse.

Ils se comportaient comme... ma famille. Ils m'avaient accueillie comme leur fille. Ils me tendaient la main et je n'avais qu'à la prendre.

Mon grand-père a posé une carte sur la table en déclarant d'un ton rieur :

– Comme si j'avais besoin de tricher face à une mignonne aux cheveux violets !

28

Ce matin-là, le soleil était resplendissant, comme s'il voulait s'excuser du temps de la veille. Pour la première fois depuis que j'étais chez mes grands-parents, je me suis réveillée sans qu'ils aient besoin de m'appeler, avec un rayon de lumière sur le visage, telle une caresse.

La veille, après avoir joué au split avec grand-père et enchaîné avec trois parties de rami, j'avais fait des brownies à partir d'une préparation que j'avais trouvée au fond d'un placard et je les avais déposés sur une assiette avec un verre de lait pour chacun. Pour changer, j'avais appris à mon grand-père les règles du Seven Bridge, et il avait emporté la première partie, après pas mal de cris et de rire. Vexée, je m'expliquais mon échec par mon émotion : j'avais du mal à me concentrer avec mon petit chat de porcelaine devant moi.

Mon grand-père avait l'art de me distraire. Dès qu'il me voyait broyer du noir, il évoquait les meilleurs endroits où acheter des glaces, se lançait dans une discussion pour savoir si le football était un sport ennuyeux ou non, si j'avais lu tel ou tel livre, si je ne voulais pas contacter la troupe de théâtre de Waverly qui proposait un stage d'été où je pouvais m'inscrire.

Jamais un mot sur les tempêtes, les tornades, mes crises de panique, ou la rancœur de maman vis-à-vis d'eux. Des brownies, du lait, des cartes, c'est tout.

Et ça marchait : au moins un temps, j'oubliais tout, même maman et Marine. Mais après je m'en voulais. J'essayais de me représenter leurs visages, de plus en plus lointains, mais toujours présents. Je les imaginais en train de me parler parce que je me souvenais de leurs voix. J'essayais de me rassurer : ce n'est pas parce que je mangeais du gâteau au chocolat et jouais aux cartes qu'elles étaient « plus » mortes, ni que je les oubliais.

Ce matin-là, je me suis levée, j'ai pris une douche et je suis allée dans la cuisine où je suis tombée sur ma grand-mère, assise avec un journal et un crayon à la main. Elle a eu l'air surprise mais n'a fait aucun commentaire. J'ai pris un yaourt que j'avais repéré la veille avant de m'installer en face d'elle en demandant :

– Il est où, grand-père ?

– Il est sorti acheter des produits pour le jardin. Il faut qu'on s'occupe de fertiliser le sol ce week-end.

Elle s'est interrompue pour remplir deux ou trois cases de ses mots croisés.

– Tu crois qu'il en a pour longtemps ?

– Pas trop, mais avec lui on ne sait jamais. S'il tombe sur des gens qu'il connaît et se met à discuter, alors là...

– J'avais envie d'aller à Elizabeth. Je n'ai jamais vu la tombe de maman.

J'ai attendu sa réaction. Elle a levé le menton, l'a tapoté avec son crayon en regardant la fenêtre, avant de répondre :

– Je ne suis pas sûre qu'il rentre assez tôt.

– Dans ce cas-là, toi et moi, toutes seules.

Le bout de son nez est devenu rouge comme une pivoine. Je l'ai remarqué tout de suite parce que maman rougissait exactement de la même manière. Juste avant qu'elle éclate en sanglots, son nez rougissait en commençant par le bout.

– Attends, je vais me changer. Il faut que je mette des vêtements plus corrects.

– D'accord.

Elle essayait de cacher son émotion, c'était évident.

– On pourrait déjeuner chez Orrie si tu veux. C'était un des restaurants préférés de Chrissy.

– OK.

J'avais encore des doutes, mais le fond de l'air avait quelque chose de rassurant.

Peu après elle est revenue et a laissé un mot pour grand-père dans la cuisine, puis nous avons pris la voiture.

– C'est le lycée? ai-je demandé en montrant un bâtiment de briques deux fois plus petit que celui d'Elizabeth.

– Oui, ma chérie. Cela dit, j'en ai parlé avec Barry, si tu veux faire ta dernière année au lycée d'Elizabeth, nous sommes d'accord. Nous avons un peu d'argent de côté et nous sommes prêts à louer un appartement pour l'année scolaire. On reviendrait à Waverly les week-ends pour s'occuper de la maison. Nous tenons à ce que tu sois heureuse.

– C'est vrai?

– Bien sûr. Chrissy n'aurait pas aimé que tu fasses ta

terminale loin de chez vous. J'ai entendu dire que ton lycée serait reconstruit fin août. C'est rapide, non ?

Je n'en revenais pas. Passer l'année avec mes meilleurs amis ? Retourner dans nos coins préférés ? Retrouver ma cabine d'éclairage et les répétitions de théâtre ? Pour la première fois j'avais l'impression d'être à nouveau entière.

– Merci, ai-je bredouillé. Merci mille fois. On pourra revenir tous les week-ends, ça me va très bien.

– Tu pourras aussi passer le week-end chez un ami ou une amie si vous avez des projets à Elizabeth, ça ne pose aucun problème.

Quelque chose clochait... Comment ces grands-parents dont maman m'avait fait un portrait épouvantable pouvaient-ils me proposer de louer un appartement dans une autre ville pour que je n'aie pas à changer de lycée ? Comment se faisait-il que ces personnes que ma mère disait pleines de préjugés et abusives n'aient avec moi que des paroles douces, même quand j'étais odieuse ? Je n'avais jamais osé interroger maman à leur sujet. Mais ces deux images ne coïncidaient pas. Tout ce qu'elle m'avait dit sur eux me semblait... faux.

Après tout, quelle importance ? Maman n'était plus là et mes grands-parents étaient mon unique famille.

– Qu'est-ce qui s'est passé ? ai-je soudain demandé.

– Comment ça ?

– Entre vous et maman ? Pourquoi est-ce qu'elle vous en voulait tant ? Elle m'a dit que vous l'aviez reniée.

– C'est vrai. Parce qu'elle s'est embarquée dans cette histoire avec Clayton Cameron. Sa famille était une catastrophe. Une bande de poivrots et de gangsters. Nous n'étions pas d'accord, Chrissy le savait, mais elle était têtue comme une mule. Depuis toujours, depuis sa plus tendre enfance.

J'ai pensé à elle. J'avais horreur des conflits avec elle parce qu'elle n'en démordait pas. Quand elle avait une idée en tête, elle s'y accrochait, que ça vous plaise ou non, peu importe que vous la suppliiez ou que vous l'imploriez. Au fond, j'étais soulagée de voir que ce que je pensais d'elle était partagé par d'autres.

– En tout cas, a repris ma grand-mère, elle disait qu'elle était amoureuse et elle est sortie avec Clay, et tout de suite les ennuis ont commencé. Elle s'est retrouvée en prison. Elle a été arrêtée parce qu'elle avait balancé son haut de maillot de bain sur la scène pendant un concert. Elle avait tellement bu qu'elle ne s'en était même pas rendu compte. On a essayé de lui faire entendre raison, mais elle continuait sur sa lancée, coûte que coûte. Elle faisait le mur pour le rejoindre. Il avait un ascendant inouï sur elle.

– Vous l'avez reniée parce qu'elle n'en faisait qu'à sa tête ?

– Non, c'est plus compliqué que ça. Elle est tombée enceinte mais elle a continué à se comporter de la même façon, à s'autodétruire. Nous étions inquiets. Pour toi, Jersey. J'avais peur qu'il t'arrive quelque chose. On a essayé de la convaincre de voir quelqu'un qui aurait pu la conseiller, mais elle nous a répondu que si on insistait elle épouserait Clay et fuirait. C'est vrai que là, nous lui avons dit qu'elle ne pourrait plus mettre les pieds à la maison. Or elle est partie et n'est jamais revenue.

– Forcément, vous lui aviez dit qu'elle ne pouvait pas revenir.

– S'il y a une chose que je regrette, c'est ça. Nous avons lancé des recherches mais elle avait quitté Waverly, jusqu'au jour où nous avons appris qu'elle était à Elizabeth. C'était après ta naissance. Nous sommes allés te voir. Mais il avait encore de l'influence sur elle. Elle refusait de nous adresser la parole, elle a appelé la police et il a fallu qu'on fasse demi-tour. J'étais inquiète pour toi, mais Chrissy n'a jamais fait un geste. Elle était amoureuse, et à ses yeux nous étions l'ennemi.

J'avais du mal à reconnaître maman dans ce portrait, et encore plus de mal à l'imaginer abandonner ses parents pour l'individu lamentable dont j'avais fait la connaissance à Caster City. J'ai objecté, presque soulagée :

– Finalement, ils se sont séparés, alors pourquoi est-ce qu'elle n'est pas revenue à ce moment-là ?

– Je n'ai jamais compris. Jamais. Nous lui avons envoyé des... lettres, des... cadeaux, au fil des années. Elle n'a jamais réagi. Aujourd'hui j'ai peur d'avoir baissé les bras trop vite. Si c'était à refaire, je reviendrais sur mes paroles.

– C'est toi qui m'envoyais les chats, non ?

– Oui. Tu les as tous reçus ?

J'ai ouvert le sac de Marine pour lui montrer celui que j'avais sauvé.

– C'est le seul qui a survécu à la tornade. Je pensais que c'était Clay qui les envoyait.

– Non... Chrissy en avait toute une collection. Elle les adorait, et c'était le meilleur moyen de lui faire signe, de lui dire que nous vous aimions toutes les deux.

Je pensais aux longues années où j'avais vécu seule avec maman. J'avais grandi en pensant que cette solitude était une fatalité qu'il fallait que je surmonte, or c'est uniquement pour moi que c'était une fatalité. Maman l'avait voulue, cette solitude, mais moi, elle ne m'avait pas donné le choix.

Pendant ce temps-là, mes grands-parents pensaient à moi. M'aimaient. Priaient pour que je sois en bonne santé en se demandant quel genre de vie je menais. Ils avaient beau ne pas me connaître, ils m'avaient réservé une place dans leur cœur et ils m'attendaient.

Aujourd'hui je me retrouvais chez eux, et c'était à moi de décider si je voulais m'adapter à la nouvelle vie qu'ils m'offraient.

– À quoi ressemblait maman quand elle avait mon âge ? Avant de rencontrer Clay ?

– Elle avait un tempérament de feu, a répondu ma grand-mère avec un sourire nostalgique. Indépendante, curieuse. Au lycée elle était *cheerleader*.

Maman, *cheerleader* ? Sautillant avec une robe au ras des fesses et jonglant avec ses pompons ? Difficile à croire.

– Elle rêvait d'être coiffeuse. Un jour, en primaire, elle a coupé toutes ses boucles et s'est retrouvée avec les cheveux tellement courts que ses camarades n'arrêtaient pas de la taquiner. Ils l'ont appelée Tête au Carré pendant des mois. Elle s'en fichait. Elle était le genre de personne qui faisait ce qu'elle voulait, peu importe le regard des autres.

– Elle n'avait pas beaucoup changé, et ma petite sœur était comme elle.

– Je regrette de ne pas avoir connu Marine, si tu savais...

– Je comprends. Elle vous aurait adorés.

Nous avons roulé en silence tandis que je caressais mon petit chat de porcelaine, jusqu'au moment où j'ai demandé :

– On a de la famille, des cousins, tout ça ?

– Oui, oui. J'ai une sœur et un frère, et Barry a deux frères. Mais ils vivent tous à St Louis, qui est notre ville natale. Un jour on pourrait y aller... si tu veux.

Pourquoi pas ? J'étais intriguée, mais un peu dépassée. Les choses se dénouaient presque trop vite.

– Un jour, oui. Mais si vous êtes de St Louis, pourquoi est-ce que vous vivez ici ? Ça doit être plus marrant que Waverly.

En guise de réponse, ma grand-mère s'est lancée dans une série d'anecdotes sur ma famille : le jour où elle avait rencontré mon grand-père, où ils avaient emménagé à Waverly, tout ce qui s'était passé avant la naissance de maman.

Elle m'a raconté aussi quel genre d'enfant elle était – maman avait horreur d'être fille unique et tous les ans elle demandait au Père Noël d'avoir une petite sœur ; elle était excellente nageuse et elle arrivait à faire le grand écart aussi bien de face que de côté ; et avant de fumer, elle courait plus vite que toutes les filles de sa classe et que tous les garçons ou presque.

Elle m'a parlé de la famille de Clay. Tout le monde à Waverly savait qu'ils n'étaient pas très fréquentables. Ils avaient plein de bébés dont on se demandait d'où ils venaient, avec un air de famille immanquable. On savait tout de suite que c'était un petit Cameron. Même moi je leur ressemblais...

J'étais fascinée, à tel point que je n'avais pas remarqué que nous avions pris la sortie d'Elizabeth et que nous étions en train de traverser une zone qui m'était de plus en plus familière. C'était une partie de la ville que la tornade avait laissée intacte. À part deux ou trois arbres abattus, personne n'aurait jamais deviné qu'une telle catastrophe avait eu lieu.

Grand-mère s'est arrêtée dans une supérette où nous avons

acheté des fleurs. Pour ma petite sœur, j'ai choisi des œillets roses sur lesquels le fleuriste avait saupoudré des paillettes, et grand-mère a choisi des roses rouges, symboles de l'amour, pour maman.

J'avais tant de souvenirs et d'anecdotes en tête que le temps d'arriver au cimetière, maman et Marine étaient plus vivantes que jamais dans ma mémoire.

29

Nous sommes arrivées au cimetière. Ni elle ni moi ne parlions. Comment ne pas ressentir cette atmosphère lugubre, si lugubre que j'ai cru entendre un bourdonnement dans mes oreilles. Un enterrement avait lieu près de l'entrée. Les vêtements des personnes en deuil flottaient sous la brise tandis qu'elles se tenaient immobiles et recueillies.

Partout, de quelque côté que je me tourne, j'avais l'impression de voir des tombes toutes neuves et des monticules de terre fraîche. Ma grand-mère m'avait dit que le nombre de morts dû à la tornade était de cent vingt-neuf. Cent vingt-neuf existences arrachées, dont celles des deux personnes qui m'étaient le plus proches. J'avais du mal à imaginer tant de personnes contraintes à affronter un chagrin aussi profond que le mien. C'était le seul cimetière d'Elizabeth, la plupart des morts étaient donc enterrés là.

– Attends voir... a murmuré grand-mère en prenant une allée sur la droite qui serpentait vers le centre du cimetière. Je crois que c'est là-bas, près de la clôture.

J'ai regardé par la vitre, la gorge serrée, pour essayer de repérer deux tombes récentes près de la clôture. C'est là qu'étaient maman et Marine. Et là qu'elles seraient pour l'éternité. La prise de conscience fut brutale. Sans appel. Elles étaient parties. Elles ne reviendraient jamais. Nulles retrouvailles ne m'attendaient à la fin de mon cauchemar.

Grand-mère s'est garée et a éteint le moteur. On n'entendait plus que le crissement du papier cristal qui protégeait les fleurs.

– Tu es prête ?

J'ai relevé les yeux vers la vitre. Les deux tombes étaient là, face à moi.

– Je suis prête, oui.

Nous sommes sorties ensemble, et j'ai lu les noms sur les stèles devant lesquelles nous sommes passées. Pas un seul ne me disait quelque chose ; dommage, je regrettais que maman n'ait personne qu'elle connaisse pour lui tenir compagnie. Heureusement, elle avait Marine.

Je serrais les fleurs si fort que j'avais les doigts engourdis. Le sac de Marine rebondissait contre moi.

– Elles n'ont pas encore de pierres tombales, a dit Grand-mère en approchant. J'espère qu'il en a commandé, au moins.

Dans mon esprit, Ronnie ne pouvait pas ne pas avoir commandé de stèles pour maman et Marine. Mais vu la façon dont il s'était comporté avec moi... Jamais je n'aurais imaginé qu'il m'abandonne comme ça. Jamais. Je n'en revenais toujours pas.

Nous nous sommes arrêtées. Je ne pouvais plus reculer. Je n'avais d'autre choix que de poser les yeux sur le lieu où elles étaient inhumées – et de faire face. Je m'attendais à être submergée de chagrin ou à sentir mes genoux flancher devant leurs pierres tombales.

Or il n'y avait que de la terre, ni tombe, ni plaque.

Deux rectangles de terre au milieu d'une étendue de gazon, dont l'un était beaucoup plus allongé. Maman et Marine étaient donc ici, quelque part, sous cette terre... et pourtant ce n'était pas elles. Maintenant que j'étais là, je n'aurais su dire pourquoi je m'attendais à les trouver là.

Grand-mère a reniflé et je l'ai aperçue en train de se tapoter les yeux avec un mouchoir.

– Elles sont parties, ai-je dit – une évidence. Ronnie m'a envoyée chez mon père avant leur enterrement. Je n'ai jamais pu leur dire adieu, mais aujourd'hui c'est trop tard.

– Moi non plus, et pourtant on était à l'enterrement. Je me console en me disant qu'elles savent que je les aimais, même Marine, qui ne me connaissait pas.

– Moi, je ne leur ai jamais dit au revoir, jamais.

– Tu peux le leur dire aujourd'hui.

– Non, je ne sais pas comment.

Grand-mère était décomposée. Elle avait beau essayer de se maîtriser, son visage était défiguré par la douleur et le chagrin, quand soudain elle a éclaté en sanglots.

– Je comprends, m'a-t-elle répondu. La seule chose que je pourrais offrir à Chrissy aujourd'hui, si longtemps après, c'est de t'aider, toi, à faire ton deuil, mais j'en suis incapable. Comment le pourrais-je, puisque moi-même je n'arrive pas à faire le deuil de ma fille?

J'étais désemparée par ses pleurs, incapable de faire un geste. Ce conflit entre mère et fille m'échappait et provoquait chez moi des sentiments contradictoires. J'étais loin d'être apaisée.

Je me suis agenouillée pour déposer les fleurs et j'ai ouvert le sac de Marine. Mes petits papiers d'alu m'ont saluée en brillant du fond de leur pochette. Je les ai rassemblés et je les ai offerts à grand-mère.

– C'est quoi ?

– Un portrait chinois de Marine.

Lentement, les mains tremblantes, elle a ouvert un premier papier.

– Marine aime les scorpions, a-t-elle lu tout haut, étonnée – puis un autre : Marine est un singe.

Le sens de mes dessins lui échappait sûrement, mais elle a pris le suivant, puis encore le suivant, lisant chaque légende à voix haute, tantôt riant aux larmes, tantôt ne pouvant finir sa phrase à cause de ses pleurs. C'est ainsi qu'elle a fait la connaissance de sa petite-fille, souvenir par souvenir, sur une série de papiers de chewing-gums.

Nous nous sommes assises devant la tombe de maman et j'ai commencé à lui expliquer le sens de certaines légendes de mes dessins, comme elle, quand elle me parlait des prouesses de maman à la natation ou du jour où elle s'était coupé les cheveux. Je lui ai décrit le justaucorps couleur pêche de Marine en évoquant sa passion pour le swing de la côte Est, et tout en parlant, j'enlevais un à un les pétales d'une des roses de maman.

Nous avons déposé les fleurs sur chaque tombe et je les ai fixées jusqu'au moment où j'ai eu un courage inattendu. J'ai décidé de m'adresser à maman.

Enfin.

30

Grand-père m'avait expliqué que prier signifiait laisser parler son cœur. C'est ce que j'ai fait. J'ai joint les deux mains et fermé les yeux en tremblant – anxieuse, intimidée. Je me suis mise à parler en silence pour que grand-mère ne m'entende pas. Nous avions beau être beaucoup plus proches, je ne voulais pas qu'elle sache tout. Je tenais à garder mon jardin secret.

Mon Dieu, je sais que tu veilles sur maman et Marine là-haut, heureusement, ça me rassure. Je suis sûre qu'elles étaient terrorisées quand elles sont montées au ciel. Alors, s'il te plaît, occupe-toi bien d'elles. J'ai serré plus fort mes mains l'une contre l'autre en reprenant ma respiration. *Je ne... euh... je ne sais pas trop comment m'y prendre, mais j'aimerais bien parler à maman, si c'est possible. Je n'ai pas eu l'occasion de lui parler depuis qu'elle est partie.*

Je me suis assise sur les talons en me concentrant pour que maman m'apparaisse.

Au moment même où je me disais qu'elle n'apparaîtrait pas, je l'ai vue.

Elle me souriait. Riait, même. Le haut de sa tête était inondé de lumière et elle portait cette immense paire de lunettes de soleil qui nous faisait rire à cause de leur taille.

Elle irradiait un tel amour que les mots sont nés en moi très spontanément :

Ma chère maman, je suis désolée de ne pas t'avoir donné de nouvelles plus tôt. Au début je ne savais pas comment m'adresser à toi et j'avais peur que ce soit une façon de confirmer ta mort. Ce qui est idiot, puisque de toute façon tu es morte. Mais j'ai eu un mal fou à m'y faire.

Tu dois être au courant de ce qui s'est passé depuis ton départ. Toutes ces histoires avec Ronnie, Clay, Meg et Lexi. Je vais te dire la vérité, maman, ç'a été très dur. Et j'ai eu très peur. J'aurais préféré mourir avec toi. Non pas que je sois suicidaire, ne t'inquiète pas. C'est juste que j'aurais préféré ne pas rester toute seule. Ça, c'est vraiment horrible.

Cela dit j'ai appris deux ou trois choses. Par exemple, que Ronnie t'aimait tellement qu'il ne peut pas vivre sans toi. Et même si c'est dur pour moi, finalement c'est pas mal comme ça.

Quant à Clay, c'est l'homme le plus atroce que j'aie jamais vu, et jamais je ne veux le revoir. Au début je n'ai pas compris pourquoi tu m'avais menti en prétendant que c'est lui qui nous avait quittées. Je me sentais trahie. J'ai fini par croire que tout ce que je savais sur toi était un mensonge, mais après avoir discuté avec tes parents, j'ai compris que les différentes facettes de ta personnalité que je connaissais n'étaient pas fausses, mais comprenaient une part de vérité seulement. J'ai découvert beaucoup de choses sur toi, ce que je trouve réconfortant. Ça me rapproche de toi. Car au fond une seule vérité compte, tu m'aimais suffisamment pour tout faire pour me protéger. Je l'ai toujours su. Je t'en suis reconnaissante.

Grand-père et grand-mère sont plutôt bienveillants finalement. Je n'ai peut-être pas encore vu leur mauvais côté, et peut-être qu'un jour je le découvrirai et je penserai à toi en me rappelant ce que tu leur reprochais. En tout cas, aujourd'hui je n'ai pas envie de me boucher le nez quand je suis avec eux, et heureusement, puisque je n'ai pas le choix.

Je pense tout le temps à toi. Toi et Marine, mais toi, encore plus. Je me souviens de ce qu'on faisait ensemble, des trucs un peu fous, par exemple quand tu nous sortais de notre lit pour aller acheter des glaces, ou le jour où tu nous as acheté des snowboards, ou quand tu nous as lu tout Harry Potter *à voix haute. Ça t'a pris six mois, mais tu ne t'es jamais plainte.*

Tu te rappelles, le jour où tu m'as emmenée au parc aquatique ? Avant la naissance de Marine, et avant que tu rencontres Ronnie. Je devais être en CE1, quelque chose comme ça. Tu avais ton maillot à pois rouges et moi, le deux-pièces que je détestais parce que je trouvais qu'il me grossissait.

En tout cas on était dans ce parc et on faisait du toboggan. Un toboggan qui s'appelait, je crois, le Cyclone dérapant. Tu te rappelles, tout ce qu'il a fallu que tu me racontes pour me convaincre de monter dessus ? J'étais terrorisée. Le toboggan était très haut et le bassin dans lequel on atterrissait trop profond, je n'étais pas sûre d'avoir pied.

J'avais peur qu'il m'arrive un malheur si je me laissais glisser. Pire encore, j'avais peur qu'il t'arrive quelque chose à toi. Que tu t'envoles et que tu atterrisses contre des rochers, ou que le toboggan s'écrase, ou même que tu ne descendes jamais et que je passe ma vie à t'attendre. Attendre que ces pois rouges me filent sous les yeux.

Voilà ce que je ressens aujourd'hui, maman. Je patauge au pied du toboggan et je t'ai perdue de vue. Je n'ai pas pied et j'ai peur. Je voudrais que tu reviennes.

Il y a certaines choses que je ne t'ai jamais avouées. Je suis désolée, maman, pour le soir où je t'ai dit que je te haïssais parce que tu ne voulais pas que j'aille chez Jane le jour de l'anniversaire de Ronnie. Je regrette de ne pas t'avoir dit que je t'aimais le jour de la tornade, avant que tu accompagnes Marine à la danse. Si c'était à refaire, je reviendrais sur tout ça, même si je n'en suis pas si sûre. On était proches, tellement proches qu'on se disputait, mais ce qui nous opposait était les deux faces de la même pièce. On s'envoyait des horreurs, mais parce qu'on s'aimait profondément. Remarque, j'ai des doutes, c'est peut-être idiot. Mais ça me rassure parce que même si je n'ai pas toujours su te le prouver, tu savais que je t'aimais.

J'ai beaucoup réfléchi au mot « tout ». Chaque fois qu'il arrive une catastrophe, les gens disent qu'ils ont « tout » perdu : leur voiture, leur maison, leurs affaires. En fait ils n'ont aucune idée de ce que veut dire « tout » perdre. Aujourd'hui j'ai compris que même moi, je n'ai pas tout perdu parce que j'ai encore ce maillot de bain à pois rouges dans ma mémoire. Je me souviens de ces soirées-glaces, des snowboards, du scorpion dont Marine avait peur, du sweat-shirt Barking Bulldogs, du vernis à ongles bleu rouge-gorge. Savoir que je possède ces souvenirs me permet de relativiser.

D'ailleurs je me demande s'il est possible de « tout » perdre, ou s'il ne faudrait pas redéfinir ce mot. Aujourd'hui grand-père et grand-mère font partie de mon « tout », même si je ne sais pas exactement sous quelle forme.

C'est un peu ma façon de te dire de ne pas t'en faire pour moi. Je tiens bon. Je continuerai à redéfinir le sens du mot « tout » aussi longtemps qu'il le faudra parce que la vie continue, même quand on a le sentiment d'avoir été dépouillé de presque tout.

J'ai découvert de nouvelles facettes de ta personnalité en discutant avec des gens, et tous disent que tu étais têtue. Tu étais solide, et tu m'as appris à être solide. À toujours remonter à la surface de l'eau.

Même quand on a coulé tout au fond. Même si je serai à la recherche de ton maillot à pois rouges pour longtemps encore.

Je t'aime, maman. Si tu savais comme tu me manques ! Dis à Marine que je l'aime et que son petit gazouillis me manque.

31

La première chose que j'ai emportée dans le duplex d'Elizabeth, c'est la litière de Swing, ma chatte, que j'ai installée dans la buanderie en espérant qu'elle s'habituerait à son nouveau logis. C'était une petite chatte gris et blanc, et une sacrée « Coquine », en tout cas au dire de grand-père qui l'a surnommée comme ça la troisième ou quatrième fois qu'elle a grimpé après les rideaux. Elle avait des yeux bleus, dont grand-mère pensait qu'ils vireraient au mordoré, mais pour l'instant, avec sa fourrure et ses grands yeux couleur d'azur, je la trouvais tellement mignonne que c'en était limite insupportable.

Marine aurait été folle d'elle.

Nous l'avions achetée pour fêter le duplex que mes grands-parents avaient trouvé à louer à partir du mois d'août jusqu'au mois de mai suivant.

– Comment veux-tu l'appeler ? m'avait demandé grand-mère dans la voiture tandis que la petite chatte miaulait sur mes genoux.

Je pensais à Marine qui rêvait d'avoir un chat, surtout parce qu'elle n'avait jamais eu de chats en porcelaine. Du coup je voulais la baptiser d'un nom qui me rappelle ma petite sœur.

– Swing. Comme le swing de la côte Est.

– C'est chic, m'avait répondu grand-père, et j'avais souri. Marine aurait adoré avoir un chat chic et choc avec un nom chic et choc.

Nous avons emménagé dans le duplex une semaine avant la rentrée. La ville était à peine déblayée et les travaux de reconstruction commençaient à peine. Personne ne savait exactement qui il y aurait au lycée. La bibliothèque était notre lieu de rassemblement de toujours, et plus le jour de la rentrée se rapprochait, plus nous étions nombreux à y aller et à nous retrouver sur le parking. Les bibliothécaires nous laissaient faire. Ils devaient apprécier l'idée d'être le lieu de rendez-vous de notre petite communauté traumatisée.

Je suis allée plusieurs fois chez Dani pendant que mes grands-parents aménageaient l'appartement. Jane était toujours à Kansas City ; les travaux de sa maison ne commenceraient pas avant la rentrée, ce qui signifiait qu'elle ne reviendrait pas pour faire sa terminale à Elizabeth. Je serais donc seule avec Dani et je me demandais comment fonctionnerait notre duo. Heureusement, Jane nous avait promis qu'elle viendrait souvent nous rendre visite.

Trois jours avant la rentrée, Kolby a débarqué sur le parking de la bibliothèque avec une attelle et un bandage autour de son bras. Sa petite sœur, qui avait pris plusieurs centimètres en quelques semaines, le suivait de près. Les élèves ont commencé par le toiser en chuchotant, jusqu'au moment où quelqu'un lui a demandé ce qu'il avait. Il a raconté sa mésaventure et les filles se sont mises à hurler, certaines déclarant que c'était « trop cool ». Il souriait, détendu.

– Je suis désolée, je lui ai dit tout bas en me rapprochant de lui.

– Pourquoi?

– Parce que je n'ai pas été fichue de désinfecter correctement ta plaie.

– C'est pas ta faute, Jersey. C'est la faute de personne, d'ailleurs. C'était un accident. Le hasard, comme tout.

– Tu as souffert?

– Le martyre. (Il a haussé les épaules avant de sourire.) Mais maintenant ça va. Au début c'était une horreur. Et j'étais d'une humeur de chien.

– Tu m'étonnes.

Au fond, Kolby et moi, nous soignions la même infection, sauf que la mienne était intérieure. Heureusement, nous étions en voie de guérison, mais avec des cicatrices pour nous rappeler que la blessure était là, profonde et douloureuse.

Plusieurs filles sont venues lui dire qu'elles étaient impressionnées par son histoire, et il n'a pas pu s'empêcher d'en faire des tonnes… typique de Kolby. Puis sa mère est arrivée en klaxonnant.

– Reconnais-le. J'suis un vrai piège à filles, non? m'a-t-il lancé en agitant son bras devant moi.

J'ai éclaté de rire.

– T'es surtout handicapé, oui!

Rien n'avait changé entre nous. Il avait gardé son humour.

– Tu viens, Kolby? l'a appelé Tracy en se dirigeant vers la voiture.

Il l'a suivie avant de se retourner pour me dire :

– Je suis trop content que tu sois revenue à Elizabeth. Parce que je voulais te demander un truc.

– Quoi ?

– Qu'est-ce que tu penses des mecs qui ont plein de balafres. Sexy, non ?

J'ai pouffé avec un picotement au fond du cœur avant de répondre en me tirant une mèche de cheveux :

– Super sexy, oui. En tout cas pour une fille qui se fait teindre en violet.

– Le pire, c'est que la couleur te va bien. Ça fait ressortir tes yeux. (Il s'est penché pour m'embrasser, vite, avant de filer vers la voiture de sa mère.) Je t'appelle bientôt !

Plus tard, ce jour-là, la mère de Dani m'a raccompagnée au duplex et je suis tombée sur grand-mère en train d'installer un canapé contre un mur du salon.

– Je suis contente de te voir ! s'est-elle écriée.

Elle a mis un disque dans le vieux lecteur de CD qu'elle avait rapporté de Waverly, et deux secondes plus tard, une musique rythmée a résonné. Elle a monté le volume avant d'étendre les bras au moment où des cors ont retenti.

– Qu'est-ce... ?

J'ai souri car elle m'entendait à peine. Elle dansait, tournoyait, montait et descendait les genoux au rythme de la musique... quand soudain j'ai compris.

– Tu ne danses pas ?

– Si !

J'ai retiré mes chaussures et j'ai pris son bras.

Quand Marine était née, maman m'avait expliqué que la famille n'était pas liée par le sang, mais par les sentiments et le cœur. Sur le moment, ça m'avait attristée, car elle avait banni de son cœur mes grands-parents, et elle m'avait privée, moi, de ma famille. J'avais l'impression d'être sans attaches, seule, privée de repères, ne sachant d'où je venais exactement.

Clay avait raison. Il n'était pas de ma famille car je n'avais pas de place pour lui dans mon cœur. Pour mes grands-parents, oui, car ils m'avaient toujours réservé un espace. Et moi ? Je ne savais pas encore quand, ni jusqu'où j'étais prête à ouvrir mon cœur, mais si je voulais avoir la famille que je n'avais jamais eue, il suffisait que j'ouvre ma porte et que je les laisse entrer.

Grand-mère m'a prise dans les bras et doucement, elle s'est mise à battre la mesure avec les pieds pour que je la suive.

– Je parie que jamais tu n'aurais imaginé que les gènes de ta petite sœur venaient de moi !

– En tout cas, je n'en ai pas hérité...

J'ai failli trébucher, mais elle m'a emporté dans un tourbillon en riant aux éclats.

– C'est pour ça que je suis là, ma chérie !

C'est ainsi qu'elle m'a appris à danser le swing de la côte Est tandis que nous fredonnions en chœur la mélodie.

D'autres textes

Wiz
Albin Michel

Sherman ALEXIE, *Le premier qui pleure a perdu*
Jay ASHER, *Treize raisons*
Judy BLUNDELL, *Double jeu*
Celia BRYCE, *À la vie, à la mort !*
Elizabeth CRAFT et Sarah FAIN, *Comme des sœurs*
Elizabeth CRAFT et Sarah FAIN, *Amies pour la vie*
Cath CROWLEY, *Graffiti Moon*
Claudine DESMARTEAU, *Troubles*
Sharon DOGAR, *Si tu m'entends*
Stephen EMOND, *Entre toi et moi*
Norma FOX MAZER, *Le Courage du papillon*
Gregory GALLOWAY, *La Disparition d'Anastasia Cayne*
Kristin HALBROOK, *Rien que nous*
Jenny HAN, *L'Été où je suis devenue jolie*
Jenny HAN, *L'Été où je t'ai retrouvé*
Jenny HAN, *L'Été devant nous*
Jenny HAN, *L'Été où je suis devenue jolie, L'Intégrale*
Alice KUIPERS, *Deux filles sur le toit*
Alice KUIPERS, *Ne t'inquiète pas pour moi*
Abby MCDONALD, *Six semaines pour t'oublier*
Blake NELSON, *Addiction*
Jan Kenrik NIELSEN, *Automne*
Joyce Carol OATES, *Un endroit où se cacher*
Joyce Carol OATES, *Ce que j'ai oublié de te dire*
Yvonne PRINZ, *Princesse Vinyle*
William RICHTER, *Dark Eyes*
Meg ROSOFF, *Maintenant, c'est ma vie*
Meg ROSOFF, *La Balade de Pell Ridley*
Meg ROSOFF, *Au bout du voyage*
Rinsai ROSSETTI, *L'Envol*
Polly SHULMAN, *La fille qui voulait être Jane Austen*
Victoria STRAUSS, *Bleu passion*
Gabrielle ZEVIN, *Une vie ailleurs*
Gabrielle ZEVIN, *Je ne sais plus pourquoi je t'aime*

www.wiz.fr
Logo Wiz : Laurent Besson

Composition IGS-CP
Impression CPI Bussière en mars 2015
Éditions Albin Michel
22, rue Huyghens 75014 Paris
ISBN : 978-2-226-31538-0
ISSN : 1637-0236
N° d'édition : 21207/01. N° d'impression : 2014809
Dépôt légal : avril 2015
Loi n° 49-956 du 16 juillet 1949 sur les publications destinées à la jeunesse.
Imprimé en France